MÃE ÁFRICA

gerado para uma nova vida

Dedicação

Este livro é dedicado a todos os que, por amor ou por força, deixam os seus países, as suas origens e aceitam o desafio dum mundo desconhecido.

Lamentamos aqueles que perdem as suas vidas em tal desafio, mas reverenciamos a coragem daqueles que finalmente conseguem.

Isenção de responsabilidade

Qualquer semelhança ou correspondência com textos, lugares ou pessoas é coincidência. Os eventos são certamente possíveis e plausíveis porque são compartilhados por tantas pessoas, missionários, religiosos, voluntários, filantropos e médicos dum continente, como a África, que é sempre o mesmo e replica as condições e histórias dos seus povos, seus admiradores e seus inimigos.

Normalmente as pessoas migram do Sul para o Norte ou do Leste para o Oeste. O Ocidente é o centro do mundo há milénios. Mas, ao longo dos milénios, a história das nações mudou, assim como a história dos povos e a direção da migração.

Na mentalidade coletiva, o Sul do mundo é sinónimo de pobreza, atraso, guerras e problemas.

Será esse o caso?

Já há quem leu e percebeu a diversidade do Sul duma forma positiva, aqueles que a interpretam e a aproveitam como uma oportunidade.

Se limparmos as nossas mentes do economismo puro e voltarmos a valorizar a vida global antes da economia global, talvez descubramos que o Sul sai por cima.

Este Sul do mundo é a oportunidade que o Dr. Manuel, moral e profissionalmente morto por "seu" mundo, quere explorar.

Este médico tenta fazer o que milhões de pessoas fazem quando se encontram em condições humanas e profissionais desesperadas: decidem fazer as malas, deixam um mundo ingrato e hostil e vão em busca dum novo, enfrentando o desconhecido, assumindo o rótulo de 'imigrante' grudado no seu corpo como uma tatuagem.

Manuel, encontrando-se numa condição desesperadora, está com uma convicção cega e uma esperança vaga de que o novo mundo desconhecido abrirá novos horizontes para ele.

Ele encontra a coragem de abandonar e enterrar um desolado caso profissional e humano sem saída e antes de se sepultar, ele tenta renascer como um novo homem e um novo médico num novo mundo.

Sustentado por uma fé firme, madura e inabalável, ele não deixa pedra sobre pedra.

1. O PASSADO

A missão é a expressão e o resultado natural de se sentir amado e chamado.

O meu nome é Manuel; nasci e cresci numa cidade do Reino Unido, onde vivi toda a minha juventude e construí as minhas amizades e as minhas relações. Vivi num contexto familiar e paroquial que favorecia a vida de simplicidade e de atenção às necessidades dos outros.

A experiência no centro juvenil, que atendi desde criança e que, no início da minha adolescência, abriu-me à dimensão social do grupo, à amizade e ao serviço, foi importante para mim. Quando tinha catorze anos, quase pretendia ir para o seminário, porque senti uma suposta chamada do Senhor. Mesmo assim, engavetei a ideia, pensando que não era o caminho certo para mim.

Estava convencido de que Deus nos chama para sermos nós mesmos, com as nossas inclinações, talentos e fraquezas, independentemente do nosso papel na vida. A inclinação para o serviço cresceu naturalmente em mim, sem colocar nenhum esforço extra; foi natural e fez parte da minha formação.

Desde o ensino secundário, eu tive uma ideia clara do que queria fazer na vida: queria ser médico. Não era atraído pela riqueza e pelas amenidades associadas ao título; senti que deveria exercer uma profissão na qual pudesse ser útil as pessoas.

Na minha juventude, sendo duma família de meios modestos, não pude cultivar muitas paixões, como ler, música, tocar algum instrumento ou qualquer outra coisa. A minha diversão era brincar no centro juvenil, quando eu estava livre, e não havia compromissos na família.

Durante a minha escola secundária, passei por um período de grande sofrimento após a morte repentina dum amigo num acidente e, embora jovem, peguei-me a questionar profundamente o sentido da vida; percebi que certamente não éramos nossos mestres.

Recebi dos meus pais ensinamentos valiosos que deixaram um estigma decisivo na minha alma: tive coragem de ousar, considerei a vida como uma missão, considerava natural uma vida com incansável sacrifício e generosidade, olhava para o futuro com confiança. Aquele episódio trágico estimulou-me a fazer o melhor enquanto estava no meu poder.

A minha fé foi fortalecida; aquele momento de terrível dor foi o que se conhece como um encontro dramático com Deus e deu-me um grande passo em direção a uma fé mais madura.

O Senhor, ao tocar o meu coração e moldar a minha

mente, permitiu-me cumprir melhor os deveres, ser determinado nas metas que desejava alcançar. Essa iluminação interior marcou-me com fogo e transformou a minha mente e a minha vida.

O meu compromisso, primeiro nos estudos e depois no trabalho, foi intenso e sempre dirigido para o melhor; a minha vocação para ajudar os necessitados consolidou-se.

Terminado o ensino médio, ingressei na Faculdade de Medicina, quando o empenho intensificou-se ainda mais.

Tive que fazer bicos para sustentar os meus estudos. Fui motivado por um profundo espírito de independência e tentei não ser um fardo económico para a minha família tanto quanto era na minha capacidade.

Embora vivêssemos uma vida simples numa residência universitária onde morávamos com custos muito favoráveis, ainda precisávamos de dinheiro para livros, para alguns extras com amigos que não podia sempre afugentar, e para participar da vida universitária.

Os únicos empregos disponíveis para estudantes eram os de empregado de mesa mal pago, dispensador de piza e pouco mais; durante o verão houve alguns empregos no setor de construção; um ano trabalhei num local de construção duma nova rodovia; nunca consegui encontrar um emprego, como outras pessoas com mais sorte, nos serviços dos comboios.

Concentrava os meus trabalhos, limitando-os a certos períodos para que não interferissem na minha frequência às aulas. O meu desempenho na universidade sempre foi muito bom; não me esforcei para estudar. Como estudante universitário, a minha tarefa era passar regularmente nos exames, caso contrário, teria que estender os meus anos de estudo, o que não me agradava. Assim, esforcei-me muito para passar os exames no prazo e cumprir o cronograma regular. Nem sempre foi fácil organizar-me entre os cursos e o trabalho, combinando a vida pessoal e familiar, que havia reduzido ao mínimo. Saí da minha experiência universitária amadurecido humanamente, mas não havia construído nenhuma amizade efetiva entre os meus colegas.

Muitos deles eram filhos de médicos que perpetuavam a profissão da família e eram muito presunçosos; os descendentes da alta sociedade não deixavam de mostrar a sua arrogância; eles já tinham a mentalidade de arrivistas. Na verdade, não tive muito tempo para me dedicar às relações sociais, nem senti falta delas. Consegui terminar os meus estudos exatamente no prazo, ao final dos cinco anos planeados. Muitos não haviam conseguido isso. Foi uma libertação e um trampolim para a vida. Formei-me com a graduação da primeira classe: aquele foi o dia do triunfo; senti-me como um imperador. Esta era a profissão dos meus sonhos, pela qual lutei ao longo dos meus anos de escola e da minha vida até então.

2.   PRIMEIROS ANOS COMO MÉDICO

A medicina fascinou-me porque significava aliviar o sofrimento humano, envolvia abnegação para com os outros, chamava-me para o campo.

Naquela época, era fácil para os médicos encontrarem trabalho imediatamente, então dividi os meus compromissos iniciais entre a medicina de família e o hospital. A minha ambição era tornar-me um cardiologista.

Normalmente, quando uma pessoa tem um objetivo importante a atingir, essa luta e continua a lutar até atingir o seu objetivo.

Eu era teimoso e determinado, então lutei até conseguir. Não tive que esperar muito para me inscrever na especialidade e, em simultâneo, consegui um emprego como médico hospitalar, pois naqueles anos não havia incompatibilidades entre trabalho e especialização, como aconteceu nos anos seguintes, quando começaram a agir os grandes managers, para complicar a vida das pessoas, revelando muito pouca compreensão das necessidades das pessoas.

No início da minha carreira, diante da incerteza dum iniciante, encontrei-me com uma energia exuberante, e trabalhava o dobro do normal, quase como se quisesse recuperar o tempo perdido nos estudos.

Muitos dos meus antigos camaradas já trabalhavam há anos quando eu começava. Então, eu ocupei o máximo de tempo possível, até encontrar tempo para ajuntar-me a alguns médicos de família. Estando em ambos os lados da fronteira, pude experimentar em primeira mão a diferença na abordagem da profissão entre médicos do hospital e médicos de família.

Nos consultórios das aldeias, a relação pessoal com o paciente e a família era muito importante. Como trabalhei apenas ocasionalmente, infelizmente, não pude construir um conhecimento profundo das famílias, como fazia o médico de família titular.

As pessoas tinham muitas expectativas baseadas em relacionamentos individuais e conhecimento recíproco.

Nessas clínicas, com apenas o essencial para o exame, tive que satisfazer às mais variadas expectativas; eu não poderia mandar todos para o hospital para investigações mais avançadas, diferentemente da rotina no hospital.

Geralmente, o trabalho não era difícil, mas deduzi que grande parte dele baseava-se na simpatia mútua entre médico e paciente.

"Quanto mais avanço, mais percebo que medicina sem empatia não é nada. É ciência vazia, arte sem cor. É como uma pintura em preto e branco: não pode

expressar a intensidade máxima da realidade; é uma representação limitada da realidade".

Não tinha intenção de fazer esse trabalho, mas, se tivesse, teria de mudar a minha abordagem.

Embora não me importasse de trabalhar muito, percebi que essa profissão exigia muito e não deixava muito tempo para descansar, estudar ou cuidar duma família. No final do dia, sentia-me satisfeito, as pessoas agradeciam, mas o meu cérebro estava vazio e o meu corpo estava exausto, embora eu tivesse ficado sentado por muitas horas.

Li em algum lugar uma citação sobre esse trabalho, como "Sempre pronto, sem pressa, mas sem descanso" e combinava exatamente.

O meu objetivo era trabalhar como médico no hospital. Os primeiros anos eram cruciais para lançar as bases da minha futura carreira; era praticamente a engrenagem da transição de estudante para profissional da área, com toda a carga de trabalho e responsabilidades.

Eu trabalhava na clínica geral, além de ser responsável pelas consultas de segunda opinião no pronto-socorro e demais serviços. Como não existiam ramos especializados, como cardiologia, pneumologia, nefrologia e outros, o nosso departamento se responsabilizava por todas essas áreas.

Não era uma tarefa fácil, mas a cada dia acrescentava a sua peça ao quebra-cabeça. Embora eu fosse um neófito, no entanto, foram-me confiadas as responsabilidades dum experiente: tinha que intervir em emergências. Tive que lidar com as questões éticas, descobrindo que não eram apenas linhas teóricas escritas em livros; encontrei-me cara a cara com a morte e os últimos momentos da vida, tanto do lado do moribundo quanto da família.

Era tão diferente de quando eu estudava esses tópicos em livros! Sendo um recém-chegado, tive que ser honesto e reconhecer as minhas limitações; lembro-me da raiva quando não conseguia colocar uma cânula numa veia; lembro-me da frustração quando atendia pacientes que, depois duma melhora temporária, pioravam de novo, depois que fiz tudo o que pude fazer. Quando um paciente morria, sentia-me arrasado.

Enfrentar e lidar com a morte não era fácil. Aprendi a dominar o desanimo da derrota e a colocá-lo na lógica da profissão, mesmo que ficasse com a amargura interior dum insucesso.

A história tomava um tom diferente quando os pacientes melhoravam e recuperavam-se, quando eles e os seus parentes agradeciam-me; não desprezava o apreço de alguns colegas também, mas era dosado gradualmente.

O trabalho no hospital favorecia relações positivas e negativas entre médicos e enfermeiras; havia muitas fofocas e também trocas profissionais, antipatias ou o florescimento de amizades verdadeiras.

Olhando para trás, para o tempo que passava, ficava maravilhado em como o tempo voava, ao contrário de quando eu estava na universidade, quando datas e prazos pareciam nunca chegar e acontecer.

Com o passar do tempo, também comecei a trabalhar com menos ansiedade, senti-me mais decidido e fui capaz de lidar com a maioria das decisões, mesmo as que não eram fáceis. A pergunta que eu costumava fazer a mim mesmo: "Será que serei capaz de ...?" tornou-se menos frequente no meu pensamento.

Às vezes, eu comparava-me a um recém-nascido, ao médico bebé que precisava se desenvolver ao longo dos estágios de crescimento até ser capaz de falar e andar por conta própria.

Houve dias ou momentos em que parecia que a mente era uma folha de papel em branco como se todos os estudos haviam sido apagados do cérebro, mesmo os tópicos que eu havia aprendido quase de cor.

Infelizmente, a teoria nem sempre correspondia à prática; as respostas do corpo humano nem sequer obedeciam à bioquímica ou à farmacologia.

Foi um processo de aprendizagem no campo em que teoria e prática se encontravam e chocavam-se. Não se passava um dia sem sentir que havia aprendido algo. De quando em quando era engraçado, eu até me perguntava, ao fazer certas coisas, se eu precisava dum diploma de médico para fazer certas trivialidade e sorriria sobre isso.

As relações com os colegas eram formalmente boas, mas não era incomum na profissão médica encontrar alguns colegas arrogantes que desprezavam os outros e os pacientes. Vendo o lado positivo disso, eu refletia que ainda precisava exercer mais humildade e autocontrole. Mais importante, no final, eu fazia e construía o trabalho com o qual sonhei e para o qual havia gasto todos os meus recursos e energias.

No hospital o trabalho médico não era a única tarefa; havia também o trabalho de organização da enfermaria e da equipa assim como tinha que escrever cartas manuscritas de alta.

 Era compelido a organizar bem o meu tempo, para reservar parte para o estudo e parte para as relações sociais.

Na universidade, não nos ensinaram nada sobre relacionamento interpessoal com pacientes e familiares. Enquanto era uma ocorrência diária encontrar pessoas de todos os tipos e índole, cada um com as suas expectativas, seu sofrimento, seu caráter, sua educação. Alguns eram fáceis de lidar, outros nem tanto.

No dia da formatura, senti-me colocado no trono e pensei ter-me tornado um rei. Agora dava-me conta de que era apenas o início dum caminho que deveria percorrer e ao qual deveria adaptar-me aceitando sofrimentos e humilhações. Eu estava sozinho na base da montanha à minha frente para ser escalada.

Li uma frase de Madre Teresa: *"Sei que Deus não designa nada que eu não possa fazer. Só espero que Ele não tenha demais fé em mim!"*

Nunca fui arrogante, mas aprendi ainda mais como a modéstia era necessária para essa profissão. Não acontecia muitas vezes que, diante de situações muito difíceis, acreditasse estar na profissão errada.

As primeiras atribuições de plantão exigiam hectolitros de adrenalina. Nesse ambiente, com aquele trabalho, aliando a teoria à prática, fui a construir o meu profissionalismo e a minha carreira, dia após dia, paciente após paciente, com despretensão, tenacidade, sacrifício e dedicação.

3. CARDIOLOGIA

"O médico deve ser rico em conhecimentos, e não apenas nos conhecimentos contidos em livros. Os seus pacientes devem ser os seus livros".

Desde o início, sem nenhuma motivação especial, dirigi a minha atenção e paixão para a cardiologia, que naquela época estava nos seus primórdios como especialidade.

Pareceu-me que tratar o coração era como trazer uma pessoa de volta à vida. Os primeiros transplantes haviam começado e novos desenvolvimentos estavam a surgir, avanços que melhorariam dramaticamente o campo da medicina. As palavras trombólise, marca-passo, angioplastia e ecocardiografia começaram a aparecer nas revistas médicas e pareciam muito distantes, mas estavam no horizonte. Na época, tínhamos que sobreviver com o nosso simples eletrocardiógrafo de agulha.

Em poucos anos no hospital, adquiri um bom pedestal profissional, então também pude dedicar parte do meu tempo a uma atividade privada que rendia algum dinheiro extra, mas primeiro, permitia-me cuidar de alguns dos pacientes que tiveram alta do hospital.

Com o passar do tempo, comecei a dedicar-me ao aprendizado das novas tecnologias que, parecendo distantes, de facto haviam atualizado rapidamente. O setor era bastante vasto porque ia da ecocardiografia à angioplastia, à hemodinâmica, prefigurando-as como especialidades autónomas no seio da especialidade materna. A essa altura, o mundo da cardiologia, como esperado, estava a correr em velocidade dobrada.

Novos remédios também irromperam no mercado, mudando o sucesso num campo que normalmente era marcado reiteradamente por cruzes. A mortalidade por problemas cardíacos começou a cair espetacularmente.

O hospital sentiu a utilidade de acompanhar os tempos e dividir os departamentos: no início tudo ia para a clínica geral; agora havia se tornado uma necessidade ter um departamento de cardiologia independente e eu desempenhei um papel crucial nessa transição.

Fui nomeado chefe desse novo departamento, permanecendo sob a responsabilidade da diretoria médica. Começamos a administrar os ataques cardíacos, que eram o terror até então, de maneira diferente, de modo que mais pacientes voltavam vivos para casa. Na época, a angioplastia estava a chegar, então ainda não estávamos à altura.

Nesse tempo, eu havia conhecido a minha esposa e

precisava dedicar-me também à família: uma noite da semana era sagrado sair para jantar ou visitar alguns amigos, ou convidá-los; pelo menos uma vez por ano fazíamos uma viagem de lazer e relaxamento. A minha esposa era psicóloga e tinha habilidade para planear e orientar diversões.

Os dias de trabalho eram intermináveis; quase sempre trabalhava de dez a doze horas entre o hospital e a clínica particular. Muitas vezes, ficava de plantão à noite após ter trabalhado o dia todo e não tinha tempo para ficar entediado ou ocioso.

Por norma, não gostava de apressar as coisas e mantive o ensinamento: "Médico-paciente sempre terá pacientes".

Os fatos provavam que eu estava certo.

Eu era frequentemente chamado no departamento de emergência onde a (des)organização ou a natureza desse departamento fazia com que parecesse um acampamento improvisado, bagunçado, superlotado, com pessoas barulhentas, pessoas gritando e pessoas chorando ou xingando, enfermeiras e colegas se movendo nervosos e espasmódicos como fantoches.

Fazíamos as nossas consultas naquele ambiente e os resultados dependiam muito dos colegas responsáveis naquela altura. Às vezes havia colegas muito jovens e inexperientes naquele inferno, então as coisas ficavam complicadas para todos, principalmente para os colegas envolvidos. Por vezes, eles pediam-me consultas sem uma razão verdadeira, as vezes chamavam a minha atenção por sorte.

Haveria muitos exemplos de ligações de "sorte", o que ajudava a evitar complicações, para os pacientes e colegas, à beira de prováveis problemas.

4. A VIDA PODE MUDAR

Para todos nós existe a possibilidade duma grande mudança de vida que equivale aproximadamente a uma segunda oportunidade de nascer.

A minha carreira estava no caminho certo e tudo transcorria de acordo com um cronograma ideal; era uma combinação de alguns fatores decisivos: um amor apaixonado pelo trabalho, desenvolvido desde a infância ao longo duma abordagem progressiva de novos objetivos; uma grande vontade de crescer profissionalmente e melhorar o meu desempenho, não por uma questão de glória, mas para tornar o meu trabalho o mais eficaz possível; um caráter forte, idealista e prático em simultâneo, que tornava o meu ser e o meu trabalho como se fossem as coisas mais naturais do mundo.

Aproveitei todas as oportunidades e tive a sorte de ser a muda certa plantada no solo certo.

Naquela época, eu já podia sentir-me relaxado; tinha um emprego, então estava fora da falta crónica de dinheiro; não tinha mais a agenda lotada de exames para cumprir. Da mesma forma, era capaz de combinar trabalho e estudo com bastante facilidade. A vida sorria para mim; parecia recompensar-me pelos esforços e sacrifícios que já havia desempenhado em abundância.

Para atingir os meus objetivos, na minha juventude,

negligenciei a minha vida amorosa; além de alguns pequenos casos, eu cortei algumas contingências pela raiz porque percebi que iriam distrair-me das minhas finalidades principais.

Parece inevitável na vida duma criatura, um dia encontrar outra alma que te faz sentir diferente, perturbando os teus pensamentos e incentivando o desejo de compartilhar a vida e o amor.

Quem sabe porque todo o mundo pensa que a sua experiência é única enquanto a mesma história é reproduzida milhões de vezes? Esse destino implacável levou-me a fazer parte do rebanho.

As coisas correram maravilhosamente, ou assim pensei, por alguns anos. A vida de casal mudou os meus padrões e estilo de vida; tinha-me tornado burguês. De comum acordo com a minha esposa, havíamos decidido adiar a hora de ter filhos até que tudo estivesse bem estabelecido. A nossa história foi quase o modelo perfeito visto nos livros de psicologia para um casal.

No início, a nossa relação era a empolgante história de amor comum onde compartilhamos tudo: amigos, filmes, desportos, viagens, tudo, persuadidos de que deveríamos fazer as mesmas coisas, unindo as mesmas ideias, como ser um cérebro único, até mesmo tentando ter os mesmos sentimentos.

A vida diária corria bem e, acostumado como

estava, convivendo com problemas e adversidades, parecia irreal para mim poder viver tão confortavelmente e aproveitar uma situação tão afortunada.

Agradeci a Deus do fundo do coração pelos dons com que me recompensou e por não ter negligenciado as minhas renúncias.

Ocasionalmente, surgia uma dúvida e o medo de que algo pudesse perturbar tal serenidade.

Parece que na vida as coisas que mais um deseja nunca se tornam realidade, mas as coisas que mais teme, eventualmente acontecem.

Alguns anos depois, algo mudou gradativamente: estávamos menos interessados nas coisas em comum, e havíamos voltado a afirmar as nossas individualidades nas várias facetas da vida, embora, como casal, nos mantivéssemos unidos se, por nenhuma outra razão, a religião era um vínculo estreito.

Desnecessário dizer que chegamos a uma nova fase em que o desejo desvaneceu-se e uma sensação de monotonia e cansaço dominava, mas nenhum de nós ousava expressar abertamente os seus sentimentos profundos.

Chegou o momento em que recorremos ao aconselhamento dum psicólogo para o casal, mas não deu certo porque um de nós colocava em primeiro lugar a identidade ideal própria, não mediada pela substancialidade objetiva e quotidiana com aceitação do outro.

Tínhamos nos tornados como dois astronautas forçados a viver numa nave espacial, coatos a dividir um pequeno espaço, do nosso lado sem olhar para a meta, mas apenas com o desconforto da situação.

Posso ser parcial, mas tinha a sensação de que a minha esposa não aguentava mais; tive de tomar cuidado até com as coisas mais mundanas, consideradas certas até então, para evitar alguns comentários ofensivos e discussões subsequentes. Um simples peido ou um arroto involuntário e indiferente era o suficiente para começar uma confusão. Às vezes eu sentia que ela começou a odiar-me.

A minha paciência foi em vão, os meus convites para ela encontrar espaços e interesses que a satisfizessem mais, todos caíram em ouvidos fechados. Tive a sensação de que ela procurava um álibi para romper o relacionamento, sem ter coragem de o fazer. A tensão foi aliviada quando ela começou a frequentar uma escola de dança; voltava mais relaxada, mas diferente de quando a conheci, nos nossos primeiros dias felizes.

Mais tarde, descobri que naquela época ela tinha um novo relacionamento (que também acabou mal e quem sabe se ela o usou como fonte de compensação).

Após um período de armistício e descontentamento, às vezes incompreensível para mim, o cristal quebrou-se.

A infelicidade injustificada da minha esposa subiu sem controle; nem uma única coisa era bem-aceite; as reclamações aumentaram. Todos esses descontentes encheram o prato que acabou sendo servido: encontrei uma carta dizendo que o nosso casal não oferecia mais nenhum impulso.

Ela atribuía todas as dificuldades a mim; não havia mais uma única coisa que ela apreciasse em mim e queria ter de volta sua vida.

Quem havia pedido isso a ela? Ela era psicóloga, mas falava como a última dona de casa analfabeta.

Era uma carta estereotipada que, tentando não ofender, lançava acusações e responsabilidades sobre mim e estabelecia o rompimento do nosso relacionamento, nem é preciso dizer, para meu demérito.

Não havia escolha a não ser a separação, que para mim, acabou sendo uma libertação e para a minha esposa um prémio na loteria. Tudo acabou um dia, não sem advogados, despesas, indemnizações.

Aquele pouco dinheiro que consegui economizar, sumiu.

No altar do individualismo desenfreado, que não conhecia razão para uma verdadeira partilha, foi queimado o incenso do egoísmo, do prazer, do capricho e do sôfrego.

Naquela época, eu sonhava que algum ídolo pudesse destruir aquela instituição da compensação legal para os cônjuges separados, propositadamente desempregados e preguiçosos.

Como se pode justificar que uma história que nasceu livremente e como tal, se desenrolou, era então atrelada à força nas cordas da lei e transformada em alguns termos económicos? Não houve pacto económico no início!

A chamada sociedade civilizada conseguiu transformar sentimentos em dinheiro! A implicação era que, se um não pagasse, retirariam dinheiro do teu salário à força. Na verdade, cheguei a pensar em deixar o meu emprego para me opor a uma injustiça tão obtusa.

Embora eu tenha vivido alguns anos pacíficos e até felizes, eles foram apagados pelos últimos períodos, vividos em cinzas, tensão e falta de sentido.

Era inevitável sentir a dor dum fracasso emocional, acompanhado de raiva e deceção. Isso transformou-se em verdadeiro desprezo quando a disputa por dinheiro começou por aqueles que pareciam ter construído o terreno todo desde o início para obter ganhos financeiros.

Eu estava muito focado no trabalho, tinha consciência de que as relações eram difíceis para os médicos, para quem era bem conhecido, os laços conjugais tendiam a durar menos do que nas pessoas comuns.

Aos poucos e gradualmente, fui-me a acostumar e adaptar-me à situação critica e logo cheguei a um acordo com essa.

Eu estava bem orientado e bem estabelecido na profissão, então também tive uma sensação de libertação para voltar a ser protagonista da minha vida; concentrei-me em tempo integral nos meus interesses mais relevantes.

Após uma breve fase de inevitável desorientação e a perceção dum espaço vazio pela ausência de alguém, almejei um novo renascimento pessoal e profissional pelo qual não me faltou atração.

Como diz o ditado, não chove, mas transborda.

Eu estava bem integrado ao meu trabalho; havia adquirido muita experiência e habilidade; era praticamente autónomo no meu departamento; a minha atividade privada era apreciada e estava-me a dar a receita financeira para me recuperar do desastre da minha separação e para retomar uma vida decente. Tudo estava perfeito até o dia em que "Alguém" estava a minha esperar na esquina.

Naquele dia fui chamado por um colega do pronto-socorro para dar uma segunda opinião sobre uma senhora que viera simplesmente a pedir conselhos sobre uma viagem: sim, era isso. Incomodados para um problema tão trivial, as nossas mentes geralmente reagiam desajeitadamente e amaldiçoávamos aquelas pessoas dispostas a desperdiçar o nosso precioso tempo.

A senhora foi examinada por um colega, que não encontrou nada de anormal. Ela teve uma inflamação no pé nos dias anteriores; já vista pelo seu médico alguns dias antes, foi tratada com um creme anti-inflamatório simples. A essa altura, o problema estava quase acabado.

No entanto, a senhora queria saber se ela poderia fazer uma curta viagem num ónibus no dia seguinte.

Era uma senhora obesa, com pernas gigantescas "desde tempos imemoráveis", segundo ela.

Não tinha história de tromboflebite prévia, exceto o pequeno episódio recente de flebite superficial que cicatrizou.

Explicamos à senhora a orientação comum que costumávamos dar para viagens: para mover as pernas, possivelmente para vestir, para prevenção extra, meias de compressão antes da partida, etc.

Ela afirmou ainda que o autocarro era especial, permitindo que os passageiros se movimentassem e esticassem as pernas ocasionalmente, e que a viagem não levaria mais do que poucas horas. Não só isso, mas ela parecia ser quem queria tranquilizar-nos e mostrou querer fazer aquela viagem. A senhora saiu satisfeita.

Cerca duma hora depois, fui chamado novamente para uma consulta urgente no departamento de emergência. Ao chegar ao local, senti que estava a acontecer alguma fatalidade, pois ainda podia ver as luzes azuis piscando nas ambulâncias, vi o anestesista que acabara de chegar antes de mim.

Dei uma olhada rápida nos arredores e o meu olhar foi atraído pela maca na qual vi a senhora, vista uma hora antes, que estava agora em coma.

Eu senti-me a desabar; vi o meu colega na emergência que estava pálido e preocupado, como se clamando precisar de ajuda.

Ativamos todas as medidas de emergência necessárias, a maioria das quais já estavam em vigor; a senhora foi encaminhada para terapia intensiva com o diagnóstico de embolia pulmonar aguda maciça.

Tive uma rápida conversa com o meu assustado colega e expliquei-lhe que não havia absolutamente nada com que nos preocupar, porque não havia nenhum sinal ou condição premonitória, muito menos nenhum sinal objetivo que pudesse alertar-nos. As pernas da paciente estavam inchadas há anos; a sua flebite estava em processo de cura e era superficial;

como tal, não poderia causar embolia, de acordo com todos os livros e todos os protocolos.

Para resumir uma longa história: a senhora morreu depois de dois dias. O legista solicitou mais investigações através da biópsia.

Por enquanto, o meu colega e eu fomos suspensos da profissão, por precaução, conforme o regulamento da (in) justiça.

De repente, encontrei-me com pouco dinheiro, a maior parte tendo ido para o caso da separação e nos bolsos dum miserável aproveitador, e agora eu também estava sem profissão.

O meu nome apareceu nos jornais, com comentários adversos sobre negligência, imperícia e assim por diante, que profissional e moralmente me destruíram.

Eu também não tive muito apoio moral da minha família, que estava presa atrás dos jornais e com medo das palhaçadas da ralé.

Passei dias indescritíveis em que, sem palavras, tive que aceitar abusos e violações dos direitos individuais; fui caluniado de todas as maneiras, zombado.

Aonde quer que eu fosse, encontrava terra arrasada ao meu redor. Nenhum dos detratores se preocupou em descobrir o nosso lado da história. Nenhum jornal pediu-me uma entrevista clarificadora.

A prevaricação dos meios de informação havia se tornado implacavelmente ligado ao meu caso e covardemente, por trás do anonimato, da não responsabilidade e da falta de noticias verificadas, aqueles jornalistas sugaram o meu sangue, despreocupados com que o trabalho sujo que estavam a fazer estava a caminho de destruir vidas.

Fui comparado a um criminoso comum que atira em vítimas inocentes sem nenhum remorso.

Incrivelmente, não houve solidariedade do hospital ou mesmo de colegas individuais, que havia tirado muitas vezes de problemas.

O Conselho Médico, tendo que seguir as regras, não podia esperar que a acusação fosse fundamentada, mas teve que aceitar passivamente o veredicto provisório, aguardando as próximas etapas do julgamento e preparando o processo a seu lado.

Recebi um telefonema da British Medical Association dum colega que disse estar pronto para me dar apoio psicológico e profissional. Em cinco minutos, ele disse tanta besteira que tive que encerrar a ligação.

Já havia ouvido falar de alguns infelizes colegas, forçados a se apresentar ao Tribunal Médico, onde foram emitidos veredictos antes de os casos serem honestamente examinados. Os casos foram construídos propositadamente para colocar a cruz de culpados nos ombros dos médicos que foram sempre os culpados, a menos que eles pudessem pagar alguns advogados famosos para defendê-los adequadamente.

Para nós, cidadãos comuns, a defesa dos advogados das sociedades de tutela médica era irrisória; eles sempre pareciam estar em conluio com o Tribunal e o Conselho Médico.

Muitas vezes desse tribunal vinham sentenças absurdas, nunca imparciais e guiadas por mentes maculadas, de suspensão da prática médica por anos, com a obrigação de depois passar por exames e avaliações, antes que o médico acusado fosse restaurado ao estado normal para exercer.

Ir para o inferno era mais fácil e menos frustrante.

Quanto à discriminação, os média frequentemente escreviam e falavam sobre abuso contra pessoas do mesmo sexo, abusos de raça e cor, mas nunca houve nenhuma menção a esta outra forma de discriminação: o pelourinho dos média que levava ao isolamento social e sancionava o fim duma carreira e uma vida, antecedendo uma sentença.

Tudo pelo que lutei durante toda a minha vida caiu, desapareceu no ar, sem nem mesmo deixar uma base para começar de novo. Eu seria impedido de fazer qualquer coisa até que as provações terminassem.

Se eu tivesse mais coragem e uma arma, não teria

hesitado em apontá-la para mim mesmo. Eu não me reconheci em tudo isso; não pude; senti como se estivesse a assistir a um filme; o que eu tinha a ver com isso?

Eu poderia ter previsto o imprevisível? Nenhuma estrela médica do mundo poderia ter. Foi um caso clássico em que o corpo faz algo diferente do que está escrito nos livros. Foi pura coincidência. Esse fato teria acontecido de qualquer maneira se a senhora não tivesse vindo para a consulta. Esse dia foi escrito no seu destino para a eternidade.

Foi um caso trágico de vida. Se aquela senhora não tivesse vindo acidentalmente nos pedir conselho, ela teria morrido em paz "de causa desconhecida". Era uma situação em que os médicos ou a medicina nada podiam fazer.

Fui vítima das circunstâncias e dum dos novos vícios da sociedade moderna: o 'roubo legalizado' contra médicos, no qual advogados vorazes, empresas e outros faziam fortunas.

Tudo mudou para mim, de repente. Então, decidi "virar-me outra pessoa", começar outra vida, dar-me outra oportunidade antes de dizer a última palavra.

Após alguns dias de total confusão, de resoluções e hesitações, retirei-me espontaneamente do Conselho Médico; qual era o sentido de permanecer como um membro "culpado"?

Eu teria que ir e voltar aos tribunais e comissões explicando o que eles não queriam ouvir e eu aceitar sem discutir as suas resoluções contra mim. Eu deveria ter reparado por cumprir o meu dever na ciência e na consciência?

A minha fé, após ter sido brutalmente abalada, foi fortalecida; comparei-me aos profetas, torturados por um Deus cujas formulações muitas vezes foram desconhecidas; tive de aceitar ser posto à prova.

Li algumas passagens da Bíblia de Jeremias e Amos: eles não se divertiram, apesar de serem os escolhidos de Deus.

"Por que saí do ventre da minha mãe para ver tormento e dor para terminar os meus dias de vergonha?"

Entrei nas suas fileiras, gritando por dentro: "Meu Deus! Meu Deus, porque o Senhor fez isso comigo? Seja feita a sua vontade. Pelo menos mostre-me um caminho a seguir, e eu segui-lo-ei".

O caminho foi-me mostrado: lembrei-me dum colega que nos havia deixado, anos antes, para ir para a África.

Uma das minhas pacientes regulares era uma camaronesa que me contava sobre o seu país e elogiava a grande hospitalidade do seu povo.

Nos Camarões a maioria da população falava francês. Eu falava inglês e na escola deixei de estudar francês. Eu estava em dúvida dever-me-ia escolher um país de língua inglesa.

Estava bem ciente da atitude das nossas autoridades de saúde em difamar os seus membros onde pudessem e onde chegassem com as suas garras, vencidos pela história, mas ainda enraizados no antigo império britânico.

Sem jogar os dados, escolhi Camarões, embora fosse de língua francesa; o que mais?

5. CTRL + ALT + DELETE

Você não pode descobrir novos oceanos até que ouse perder de vista a praia.

Era um dia de maio quando cheguei a Yaoundé, no Aeroporto Internacional de Nsimalen.

Senti que estava a começar uma nova vida, pelos anos que viriam.

Nessas latitudes, o tempo estava ensolarado e quente; estava muito longe da minha pequena aldeia que eu havia deixado, imerso na humidade, com dias sem sol, com as montanhas ainda cobertas de neblina e temperaturas ainda bastante baixas à noite.

O voo foi normal e sem acontecimentos; a minha cabeça parecia um liquidificador com ideias girando em alta velocidade, quebrando e remontando numa massa indistinta, deixando-me um pouco tonto.

Tive uma sensação de vazio ao pensar em algo que estava a enfrentar sem saber o que era.

Não dormi na noite anterior à partida e durante o voo. Daquele dia em diante, não seria a única noite sem dormir.

Aqui estava eu no meu destino, pronto para

enfrentar o controlo de passaportes. Havia obtido rapidamente um visto de turista por apenas quatro semanas. O aeroporto parecia enorme para mim. Havia passageiros por toda a parte, empurrando as suas bagagens com o ar de saber exatamente para onde estavam a ir e quem iriam encontrar. Eu observava rostos sorridentes. Alguns dos que esperavam por alguém tinham flores; outros tinham câmaras para registar a chegada de algum conhecimento.

Todos pareciam tão felizes e encantados por chegarem ao seu destino.

A minha história diferia, eu saía dum mundo e tinha que enfrentar outro que me daria uma oportunidade de redenção. Eu não conhecia ninguém, presumivelmente ninguém estava lá esperando por mim; era imperativo encontrar um alojamento barato por algum tempo, precisava de conhecer alguém, precisava de tudo.

Nunca conheci a África e os seus problemas, nem mesmo como turista, desconhecida tanto para mim como para a maioria dos europeus. A minha primeira impressão trivial da África foi a de que se tratava dum novo mundo inexplorado e indomado.

Fiquei assustado com isso. Um número infinito de perguntas passou pela minha cabeça sem encontrar nenhum indício duma resposta. A minha mente disse-me dolorosamente que mordi mais do que podia mastigar.

Nesses momentos, quando um precisa de respostas enquanto só pode formular perguntas, tenta adiar as soluções.

Eu poderia ter escolhido a América Latina ou a Ásia. Fui um pouco imprudente e apressado, percebi. Fiz uma preparação superficial e inadequada, reuni algumas informações, das quais a mais útil foi a que recebi da paciente camaronesa que havia deixado o seu país muitos anos antes. Ela deu-me algum contacto telefónico em caso de emergência, mas nada mais.

Liguei para um desses contactos alguns dias antes de partir; a pessoa, uma voz feminina, disse-me que, se pudesse, estaria a esperar no aeroporto na minha chegada.

O seu nome era Claire, e ela morava em Yaoundé há muitos anos, após passar alguns anos no Reino Unido. Não conversamos muito ao telefone; ela foi muito gentil e prometeu ajudar-me dando o melhor de si. Dei-lhe uma breve descrição de como eu era, e ela fez o mesmo por si; se ela conseguisse vir, seguraria uma placa na mão com o meu nome, como é comum nos aeroportos. Ela não tinha certeza e não assegurou nada definitivo como ponto final.

Aquela camaronesa deu-me um pequeno pacote para entregar-lhe, como um presente e uma lembrança. Agora cheguei, estava lá, num lugar que só conhecia pelos mapas e só tentei imaginar antes daquele dia.

Eu estava insistentemente olhando ao redor, 360 graus, para localizar um das centenas de novos rostos que poderiam parecer mais amigáveis e segurar uma placa com o meu nome nela.

Fiquei com aquela sensação de que faltavam peças na cena, mas, em simultâneo, uma voz interior reconfortante sugeria que tudo estava certo.

Quem sabe se uma preparação mais cuidadosa e meticulosa teria mudado algo? Eventualmente, eu era um recém-chegado, não importa o quê.

A realidade é que acabei de chegar a um lugar novo e desconhecido; não me preocupara em ler muito sobre as culturas locais; não tinha emprego e, o pior de tudo, sabia apenas algumas palavras em francês. Amaldiçoei aqueles tempos de escola em que tive a oportunidade de aprender aquela língua, mas não o fiz, em linha com a nossa arrogância inglesa que nos faz acreditar que a nossa é a única língua que vale a pena falar.

Uma luz perversa brilhou em mim, brandindo-me todos os lados fracos da minha decisão e levantando uma miríade de medos. O mundo mudou repentinamente, mas eu pensava que tomei a decisão certa, que estava a fazer algo importante para a minha vida, o melhor que podia, só precisava pular do sonho e mergulhar na realidade.

O voo foi como uma faca afiada que cortou e separou duma vez por todas, um passado feito de lugares e pessoas conhecidas, o lugar onde nasci, cresci e trabalhei, e este novo lugar que era um quadro branco absoluto pronto para ser escrito.

Foi um rompimento com os eventos passados que me viram o cordeiro sacrificial dos ritos pagãos num mundo que não sabia mais a razão, não tinha mais fé, não aceitava mais o inevitável; os deuses a adorar eram abuso, poder e dinheiro, independentemente de qualquer princípio.

Demoraram apenas algumas horas de voo para virar o mundo de cabeça para baixo como se fosse um globo girado por um dedo poderoso.

Não me faltava vontade e instinto para sobreviver, e entendi claramente que não tinha tempo a perder se quisesse construir algo; também descobri que, se tencionasse sobreviver, não precisava ter pena de mim, ficar deprimido ou perder-me em sonhos.

Os meus recursos financeiros eram limitados a alguns milhares de dólares, que era a pequena fortuna que consegui roubar e salvar das águias e abutres vorazes.

Era tudo o que ficou da minha carreira e quem sabe

que valor esse dinheiro teria neste novo mundo; ser-se-ia suficiente por alguns meses ou semanas, não conseguia adivinhar.

As primeiras e mais importantes ações seriam encontrar um alojamento para ficar e depois encontrar um emprego qualquer o mais rápido possível.

Por enquanto, eu ainda estava no aeroporto esperando a minha amiga, que não dava nenhum sinal de si mesma.

Havia dezenas de pessoas com nomes em papéis, mas o meu não estava em nenhum deles.

Lembrei-me de cada palavra do último telefonema; fixamos bem o local, a data e a hora de chegada; o voo não teve nenhum contratempo e chegou a tempo. Eu não conhecia a mulher, mas ao telefone ela parecia uma pessoa de confiança, como era confiável a pessoa que me havia dado o contacto.

Era verdade que ela não havia prometido nada. Talvez ela só estivesse atrasada... o trânsito... um problema com o qual ela não conseguia comunicar?

Eu senti a angústia crescendo dentro de mim; desesperado, desviava os olhos duma placa para a outra, até chamei o meu nome em voz alta, para ver a expressão das pessoas que esperavam; tudo pareceu em vão por um tempo imemorial; parecia muito longo. Olhei para as pessoas tentando identificar os seus traços como ela havia descrito para mim: muitas mulheres pareciam se encaixar nessa imagem, mas ninguém atendeu à minha expectativa.

Recordei brevemente as informações que tinha sobre ela: era irmã dum médico formado no Reino Unido, onde ficou a trabalhar alguns anos; aquele médico havia depois deixado a Europa para voltar a trabalhar em algum lugar da África.

Um acompanhante teria sido fundamental para me conduzir neste novo mundo para o qual não estava preparado. Quando a minha esperança estava-se a esvair e o meu desespero a crescer descontroladamente, dois europeus, ao verem-me em apuros, abordaram-me e perguntaram se eu precisava de ajuda.

Coloquei as minhas reticências de lado e disse-lhes francamente que simplesmente estava em pânico. Eles ofereceram-se para ficar comigo e esperar um pouco mais até que o meu guia chegar; mas logo depois eles começaram a dar sinais de impaciência, o que era natural, e sugeriram que eu os seguisse, e tive que escolher ficar sozinho no aeroporto ou segui-los.

Diante dos últimos olhares desesperados para o aeroporto, no final, a mulher não apareceu, mas sim uma placa com o meu nome. A placa não era segurada por uma mulher, mas por um jovem, que também estava a procurar as minhas feições.

Despedi e agradeci aos europeus. Apresentei-me àquele que veio no meu socorro; o seu nome era Paul. Ele disse-me que Claire não pude vir e pediu-lhe para compensar. Ele ofereceu-me para ficar com ele por alguns dias, enquanto eu poderia encontrar acomodação própria.

A proposta foi bem-vinda porque eu não tinha muitas opções e não sabia por onde começar.

Como uma faca a minha mente... Até algum tempo atrás eu era uma pessoa independente, dono do meu destino, autónomo nas minhas decisões; agora encontrava-me desenraizado das minhas origens e dependente em todos os sentidos de algum estranho.

Foi um sentimento insistente e doloroso, seguido duma realidade cruel para ser aceite.

6. UM NOVO MUNDO

A verdadeira mudança, a verdadeira revolução acontece a abandonar o conhecido pelo desconhecido; substituir o conhecido por outra coisa que sabemos não é uma mudança. (Krishna Murti)

Concordei em ficar com Paul porque não tinha muitas outras opções. Passei a minha primeira fase com ele e me aculturei com o novo ambiente africano.

Paul deu-me o meu próprio espaço limitado na sala de estar, com um colchão velho estendido no chão; aquele foi o primeiro de muitos meses desagradáveis que ainda viriam: desamparado e vivendo de outra pessoa, longe de tudo e sem ser dono de mim mesmo.

Conheci Claire, pela primeira vez, alguns dias depois da minha chegada; ela não parecia a voz da menina que eu ouvira ao telefone; mesmo assim, foi um prazer trocar algumas palavras em inglês, da minha parte, pois não falava francês; ela ainda se lembrava um pouco da língua inglesa; trocamos apressadamente algumas notícias genéricas; eu disse-lhe sobre as minhas preocupações e os meus planos. No entanto, eu vi-a um pouco distraída e não muito interessada nos meus apelos. Despedimo-nos daquelas saudações genéricas "até breve, se precisar de mim", sem acertar em nada específico para o futuro imediato que me angustiava.

Imaginei, quando ela me viu, que eu não era a pessoa que ela esperava e imaginava. Certamente, ela pensava para um homem rico, talvez com algum pensamento para começar um relacionamento; com certeza, a sua mente estava em obter algum lucro com isso. Vendo como aceitei ficar naquele casebre, sem arrependimentos ela ficou afastada de mim. Ela habilmente usou Paul como um teste. No entanto, ela era a única pessoa com quem eu poderia comunicar, pois, ela provavelmente era confiável.

Paul saía pela manhã e voltando à noite do seu trabalho verossímil, que eu nunca soube o que era exatamente.

Ele nunca esteve muito interessado em falar comigo sobre isso nem sobre a sua vida. Nos fins de semana, ele costumava trazer alguma garota com quem compartilhava tudo; comiam, bebiam, flertavam, discutiam, riam, mantinham a música alta.

Eu era um convidado, então tinha que ceder.

Quando ele trouxe mais duma garota, provavelmente pensando em fazer-me um favor e talvez querendo que eu dividisse os gastos com bebidas e comida, tive de recusar os seus convites.

Eu estava farto da minha história e tinha que prestar atenção a outros dilemas; não tinha nada contra, mas muito em que pensar em mim. Senti que, mesmo em circunstâncias normais, nunca compartilharia nada com um sujeito assim.

Eu tinha que passar o dia, e não tive muito estímulo além de olhar pelas janelas; podia ver casas grudadas umas nas outras, tráfego constante e intenso. Provavelmente era uma das áreas menos atrativas da cidade. O meu camarada não parecia ter muito tempo para me guiar; não ousei ligar para Claire porque não sabia nada sobre os seus hábitos e não sabia nada sobre os seus costumes. O seu comportamento também quando nos conhecemos não foi muito encorajador.

Eu sabia com certeza que estava em Yaoundé e isso era o único conhecimento certo. Depois dum tempo conheci a cidade e consegui localizar melhor aquela casa.

Assim que superei o primeiro impacto que me impedia de fazer qualquer coisa, sem saber o que era certo ou errado, comecei a fazer pequenos passeios e caminhadas a uma distância segura do meu abrigo; fui a ampliar a área a cada dia e quanto mais ampliava o perímetro, mais percebia que essa cidade era enorme. Não havia verdadeiras lojas nas proximidades, então, para comprar alguns mantimentos, eu precisava de algum transporte.

Felizmente, havia alguns vendedores na rua de

quem eu podia comprar pão local e outras coisas mínimas: frutas, peixe seco, coisas fritas, violando as recomendações de higiene. Comecei não apenas a perceber, mas a vivenciar a minha diversidade e a sensação de ser um estranho. A ansiedade resultante dominava-me. Quase não ousava olhar no espelho porque não me reconheceria. Ciente de alguns livros de prisões que lera no passado, exercitei a minha mente para permanecer positivo, ativo e motivado para sobreviver; eu estava a fazer o possível para manter o propósito.

Era evidente que para procurar emprego precisava dum carro para deslocar-me, assim como tinha que dominar pelo menos alguns fundamentos da língua. Percebi, não sem preocupação, o trânsito caótico e os hábitos grosseiros dos motoristas locais; julguei que poderia facilmente sofrer um acidente naquele caos, mas sem carro, eu estava paralisado, não conseguia mover-me; era como estar sem pernas naquela cidade anárquica sem um transporte público eficiente.

Viajar de táxi não era menos arriscado. Tudo parecia árduo; coisas que eram dadas como certas nos nossos países desenvolvidos, aqui havia problemas barrados por obstáculos, dificilmente superáveis.

A ignorância da língua era uma das maiores limitações nas minhas condições.

Numa sociedade, uma coisa que conta é o que os

outros pensam de você e, primeiro, entendem de você. A comunicação surge como um processo primário de interação e, para a convivência, um deve ser capaz de falar uma língua comum.

Mais uma vez, percebi haver mordido mais do que podia mastigar, mas era tarde demais. Eu deveria ter aprendido francês antes de viajar; agora teria demorado muito e, nessa altura, não tinha a calma, a concentração e os meios necessários.

Um dia, Paul trouxe consigo um amigo branco, talvez apenas um conhecido casual; trocamos algumas informações com grande dificuldade; o fulano era do Leste europeu e estava em péssimo estado. O seu nome era Linas e ele quase não falava francês. Percebi que, embora ele já estivesse a morar lá há algum tempo, as coisas também não corriam muito bem para ele.

Ele encontrara problemas com trabalho, moradia e provavelmente outros constrangimentos.

Conversamos sobre carros, e ele disse-me que havia comprado um, mas acabou a quebrar, deixando-o encalhado.

Ao vê-lo em dificuldades, sugeri que uníssemos forças e alugássemos um lugar, desde que pudéssemos ser independentes, se isso acontecesse.

Decidimos procurar um apartamento barato e

dividir as despesas. Eu sabia que muitos imigrantes, em todas as latitudes, tinham que adotar essa estratégia de sobrevivência, dividindo o aluguer e as despesas domésticas para manter os custos ao mínimo.

Ainda tinha algum dinheiro e voltei à ideia de comprar um carro usado; tive de encontrar um emprego que assegurasse a minha sobrevivência. Isso era tudo o que eu precisava.

Claire, naquela época, havia desaparecido, embora ela pudesse ser muito útil agora.

Comecei a procurar um lugar para arrendar. Usei os anúncios que consegui encontrar. Como não conhecia bem o idioma, demorava horas para entendê-los; mas tentei e gradualmente cheguei a entender o essencial.

Anotei os números de telefone dos arrendatários, mas o problema era como eu me comunicaria. No telefone, gesticular não funcionava. Quando eu telefonava, as vezes não entendia se a resposta era sim ou não, simplesmente não compreendia. Com teimosia, petulância e sorte consegui marcar alguns horários para ver os apartamentos em oferta.

Precisava dum mapa da cidade. Na África, não era tão fácil encontrá-lo como na Europa, e o seu custo era bastante alto, mas sem esse eu não conseguiria encontrar o caminho. Comprei um, dum vendedor ambulante; era preciso entender como e para onde me mover e localizar as áreas onde ficavam as casas. Tive que marcar os compromissos sozinho porque era difícil combiná-los com o Linas embrulhado no seu mundo.

Felizmente, Claire movida por compaixão, veio cumprimentar Paul e perguntar sobre as minhas condições, então pedi-lhe que me ajudasse na busca do apartamento. Acompanhado por ela, as coisas correram mais rapidamente.

A limitação era que ela nem sempre estava comigo. Alguns apartamentos eram horríveis, alguns eram muito caros, alguns ficavam em áreas de má reputação e não eram seguros.

Também tive que considerar a distância até as principais estradas e lojas, e não pude ignorar o fator securitário.

Após alguns dias de intensa busca, visitei um lugar que despertou o meu interesse. Um europeu que trabalhava para uma ONG e estava prestes a deixar o país morou ali alguns anos. Ficava no primeiro andar dum prédio, não exatamente novo. A área urbana não parecia tão má; ficava a poucos quilómetros de onde eu morava, mas a área transmitia uma sensação de maior segurança.

O apartamento era pequeno, mas dava para dois. O lugar era arrumado e mobilado com simplicidade, sem ostentação. Julguei ser o lugar certo. Eu mal podia esperar para mostrar ao meu colega o apartamento que iríamos partilhar. A mobília era básica; havia até alguns vasos de flores. Isso lembrou-me muito da casa simples da minha família. Havia uma pequena varanda anexa que poderia ser usada como um cómodo acessório para qualquer necessidade. O lugar era bem conservado, parecia limpo; na frente do prédio havia um pequeno jardim, um pouco abandonado, que era propriedade comum do prédio, portanto ninguém cuidava dele.

Sim, acabei a encontrar um lugar onde pudesse viver livre da dependência de alguém. Não muito longe, havia também um parque público com campos de jogo cuja manutenção parecia faltar há anos; havia uma espécie de piscina que tornara numa lagoa.

As ruas ao redor eram delimitadas por filas clássicas de lojas africanas que vendiam muitas coisas semelhantes e repetitivas de onde eu teria os bens vitais à mão e evitaria comprar de vendedores ambulantes. Poderia então sair e comprar frutas e verduras a preços populares, adequados às minhas possibilidades.

O proprietário indicou-me um minimercado próximo que era um pouco mais abastecido e também tinha uma pequena farmácia. Além das lojas de comida e bebida, havia bazares que vendiam produtos usados e reciclados. Isso seria muito útil para os meus planos imediatos.

Eu vi isso como uma conquista, finalmente teria o meu lugar; consegui comunicar com o dono, apesar do meu francês mais do que estentóreo e me senti aliviado. Combinamos o preço e tudo estaria finalizado em breve; faltava só redigir o contrato, pagar e, em alguns dias, teria o meu primeiro apartamento em África. Eu senti-me rejuvenescido.

Eu estava prestes a completar a tarefa número um, enquanto outros problemas, não menores, permaneciam em aberto.

Resolvi firmemente comprar um carro usado, conforme as minhas possibilidades. Enquanto caminhava, vi vários locais de vendedores de automóveis. Tendo problemas com o idioma e pouco conhecimento de motores, não consegui fazer uma escolha criteriosa, no entanto, tive que arriscar às cegas, pois precisava de um.

Encontrei um revendedor num anúncio de jornal que tinha várias marcas estrangeiras de carros usados a preços acessíveis. Procurei o local no mapa, que parecia bem distante.

Eu queria primeiro entrar em contacto com ele por telefone, mas com o meu francês, como me daria? Paul gentilmente se adiantou para mediar por mim por telefone e combinamos um preço; eu ainda queria ver o carro primeiro, antes de fechar o negócio.

Linas e eu fomos ver. Tínhamos que encontrar um lugar na cidade grande, e também não foi fácil para ele, apesar de já estar a morar lá há algum tempo.

Parecia-me realmente fora do caminho, pois ainda não compreendi bem as distâncias daquela metrópole. Por fim, chegamos e encontramos o vendedor: ele era um homem de meia-idade, provavelmente libanês, que falava um francês estranho para mim. Então a coisa complicou-se, principalmente na hora de fazer o contrato e preparar os documentos. Com a ajuda do meu dicionário de francês, conseguimos completar a tarefa e, no final, todos nos sentimos satisfeitos.

Coloquei gasolina, mas ... como poderia dirigir para casa? Não tinha ideia de onde estávamos, aquele lugar não aparecia no mapa.

Lá chegamos com o céu azul-claro; não guardei na memória a rota. O nosso vendedor percebeu que algo estava nos incomodando, então nos levou a seguir o seu carro até um determinado ponto da cidade e de lá poderíamos voltar para casa sem problemas. Ele foi propício.

Fiquei satisfeito: eu tinha a minha casinha para dormir e tinha o meu próprio carro. Restava aprender francês e encontrar um emprego. A essa altura, o equilíbrio geral parecia positivo e isso deu-me uma forte sensação de esperança.

7. LAR DOCE LAR

A minha casa é pequena, mas as suas janelas se abrem para um mundo infinito. Confucius

Com todas as assinaturas e procedimentos concluídos, estávamos prontos para mudar para o novo local.

Quando cheguei, ao contrário da minha primeira impressão, fiquei desapontado ao ver o local vazio. Já não parecia o mesmo. Perdeu aquele pequeno encanto mostrado à primeira vista. Além disso, parecia maior e certamente muito antigo. Sem as cortinas, as janelas recordavam grandes olhos tristes; sem móveis, as paredes apresentavam muitas rachaduras; os tapetes exibiam toda a sua idade e todos os anos em que haviam sido pisoteados.

Uma olhada na cozinha e na casa de banho fez-me estremecer e ficar deprimido. As paredes não foram repintadas, conforme havíamos combinado verbalmente.

O proprietário, compreendeu bem a minha dificuldade de comunicação, não perdeu a oportunidade e não colocou a caneta no papel no contrato escrito o que havia sido acordado verbalmente. Tentei reler o contrato e, de facto, muitas das coisas que havíamos predeterminado faltavam. Mas agora estava assinado. Afinal, este era o meu lugar e seria por quem sabe quanto tempo ainda a vir.

Sempre gostei de móveis antigos; agora tinha todo o tempo do que precisava, então comecei a ir àquelas lojas de segunda mão. Os itens nos vários bazares eram variados e em diferentes estados; alguns deles pareciam interessantes e legais para mim; graças a Deus eu gostava de trabalhos manuais, então passei os meus dias procurando itens e consertando-os. Sempre conseguia ver, mesmo numa peça danificada, o seu potencial que podia extrair.

Com paixão, ideias e habilidade, fui capaz de transformar objetos velhos, sem valor e inúteis em artigos novos e totalmente funcionais. Era como uma caça ao tesouro e algumas peças, em particular, tornaram-se peças de vitrines. Com essa filosofia, naquelas lojinhas, que para mim, eram como grandes supermercados, praticamente encontrei tudo o que precisava.

Quando estava a procurar algo em particular, tive que combater a usual guerra do idioma para me fazer entender; felizmente, os vendedores eram muito pacientes, olhavam para mim, caminhavam comigo até que encontrava o que procurava.

Finalmente a casa ficou completa, embora estivesse

em constante evolução, digamos estar quase no lugar.

O tempo passava; o dinheiro que eu trouxera diminuía drasticamente.

Eu sabia que seria difícil encontrar um emprego como médico, porque não sabia o idioma, porque me pediriam certificados que teriam mostrado a minha interrupção; amais disso eu não estava mais inscrito na Ordem dos Médicos e teria que explicar toda a história.

Poderia ter tentado encontrar um emprego em algum hospital missionário, mas talvez as missões estivessem ligadas ao sistema; eu estava longe de conhecer esse mundo.

Após melhorar a minha linguagem, poderia ter oficialmente me inscrito para ser integrado ao sistema estadual, seguindo de alguma forma, talvez com alguns testes; eu sabia que em alguns países faziam isso com os médicos estrangeiros.

Já ouvi falar de médicos de Cuba e da Europa Oriental que estavam a invadir os países africanos, mas a maioria deles não cumpria os requisitos de admissão.

Era difícil entender por que médicos com anos de experiência estavam a reprovar esses textos, embora tivessem um histórico respeitável.

Devido à deceção, alguns deles partiam com forte ressentimento, mas outros resistiam e reiteravam os exames; muitos já haviam falhado repetidamente nas suas tentativas. Era estranho porque havia necessidade de médicos no país, mas parecia haver uma barreira contra os estrangeiros. Eu estava a imaginar como teria sido para mim, quantos obstáculos teria de enfrentar num processo assim.

Por enquanto, tive que deixar de lado a ideia de ser médico, embora fosse o que eu conhecia melhor, além do bricolage.

Tive que cortar pela raiz a frustração de pensar no meu passado, feito de tantos anos de sacrifício, experiência, um trabalho bem-feito e apreciado, bem pago. Tudo foi vaporizado no altar da (in) justiça.

Então, falando em termos médicos, o prognóstico não era favorável para mim. Eu tinha uma formação profissional, tinha as habilidades e o desejo de fazer o meu trabalho, mas as leis do homem (e dum Deus misterioso) diziam-me que eu estava a passar por um duro teste.

O meu coração deu um salto quando li nos jornais que havia uma carência dramática de médicos no país. Muitos pensamentos passaram pela minha cabeça: por que pedi demissão? Por que não fiquei no Reino Unido? Mas a fazer o quê? Estar sem trabalho, presumivelmente por anos, e sentir frustração e humilhação diariamente?

Se eu tivesse tentado encontrar outro emprego,

não teria sido aceite devido ao meu diploma; eu conhecia a estupidez de algumas pessoas que pensam que alguém com formação médica nada poderia fazer, a não ser trabalhar como médico. Esses gerentes nem mesmo tentavam pensar que alguém pudesse ter mil outras habilidades.

Apesar desses pensamentos conflituantes, a minha convicção era de que fui certo ao deixar o meu país. Quando voltava à terra, tive que repetir o mantra: "Você tem que encontrar um emprego, custe o que custar, não importa o que seja".

Tive que encontrar uma fonte para garantir a minha sobrevivência para poder pagar o aluguer e a minha alimentação.

Fantasiar, sentir pena de mim mesmo ou concordar comigo não me levaria muito longe. Assim, comecei a correr atrás de qualquer emprego, competindo com os milhares de pessoas que faziam o mesmo, com a desvantagem de ser estrangeiro e não saber a língua. Parecia uma loucura, era uma angústia. Eu não sabia mais se estava neste mundo ou num sonho; muitas vezes sonhei comigo mesmo no meu hospital, na minha enfermaria de cardiologia... apenas para acordar e sufocar as lágrimas e a raiva.

8. ESCRAVO

A liberdade é uma das dádivas mais preciosas do céu concedida aos homens: todos os tesouros que se encontram na terra ou que estão cobertos pelo mar não podem ser apreendidos: e para a liberdade, como para a honra, pode-se arriscar a vida, quando em ao contrário, a escravidão é o pior mal que pode sobrevir ao homem.

Miguel de Cervantes

Na minha condição, as oportunidades de encontrar um emprego eram próximas de zero. Olhando para a história da emigração, havia alguns empregos com os quais muitas pessoas começaram: empregado de mesa, vendedor, barbeiro, motorista de táxi; eu não podia ser barbeiro ou motorista de táxi na época; mas durante a minha escola tive trabalhara em restaurantes e supermercados; fizera alguns trabalhos de escritório; trabalhara como artista turístico e outros.

Estava pronto para apagar a minha vida recente e vestir-me como um neófito, como um inexperiente.

Não conseguia reconfigurar o meu cérebro para reeditar a minha verdadeira história e, em simultâneo, estava decidido a apagar os "pensamentos maus" que me levariam ao desespero sem me levar a lugar nenhum; tive que me comportar como alguém que enfrenta a vida sem pretensões ou preconceitos.

Com uma mente livre e fresca, carreguei-me com entusiasmo e pensamentos positivos. Mantive a esperança viva e interpretei tudo sob uma luz bíblica.

O profeta Jeremias, torturado por Deus desde a infância, só veio a entender o significado da sua vida anos mais tarde.

"Senhor dos exércitos, que prova os justos e escrutina o coração e a mente, posso ver a sua vingança sobre eles; para você, eu confiei a minha causa! "

Comecei a minha busca indo dum lugar a outro pedindo trabalho, frisando que embora não estivesse familiarizado com o idioma, tinha experiência em diversos setores; posso ter parecido um mendigo, mas tentei mostrar-me cheio de força e criatividade.

Cada vez que fui rejeitado, sentia a amargura da humilhação me invadindo; em simultâneo, simpatizava com os milhões de pessoas na mesma situação: que erros fizeram para merecer isso?

Às vezes bastava o jeito como me olhavam com desprezo, parecia pensarem que eu não era bom, uma fraude ou sabe-se lá o quê.

Alguns nem mesmo me deixaram abrir a boca e apontaram diretamente para a porta.

Também contei a alguém sobre a minha história como doutor, e foi pior porque aquelas pessoas começaram a rir antes de dispensar-me com palavras ásperas. Humilhação e oração eram as minhas companheiras.

Não deixei pedra sobre pedra, mas sabia para que lado soprava o vento.

O meu colega de quarto teve mais sorte e conseguiu encontrar um emprego mais rapidamente. O problema agora era que o local de trabalho ficava muito longe, então tive que emprestar o meu carro a ele. Como um indigente, tive que caminhar quilómetros em busca de emprego.

Isso durou um pouco, mas eu não desisti; diariamente pela manhã eu começava o meu passeio, às vezes pegando um autocarro barato e superlotado, esperando que aquele fosse um bom dia até que, exausto à noite, eu voltava para casa desabando na cama sem mais forças.

A cidade, como muitas cidades africanas, não foi planeada ou projetada para pedestres, portanto não havia calçadas ou semáforos de pedestres. Andar por aquelas ruas era uma verdadeira aposta, considerando os hábitos dos motoristas de se espremer em todas as vagas. Não existiam áreas sociais com barraca para refrescos ou bancos para descanso. Alguns dias encontrava vendedores ambulantes vendendo coco ou frutas, ou algum refrigerante, ou água simples que eles chamavam de 'maji safi' e gritavam os seus produtos para os transeuntes num canto.

Esta cidade era, na época, uma cópia feia duma cidade europeia e não tinha nada, um vazio total à escala humana.

Parece incrível como as pessoas ao redor do mundo têm uma atração fatal por metrópoles, pensando que a vida seria mais fácil nas cidades, ignorando que morar nesses bairros de lata é pior que morar nas aldeias, e que, no fim das contas, eles ainda estão e sempre na periferia do mundo.

As ruas costumavam estar em condições desastrosas; o sistema de esgoto, a rede elétrica, quando existia, só alcançava as ruas principais. A rede telefónica estava obsoleta o inoperante. As esquadras de polícia eram um conjunto de barracas de metal enferrujado, sinal da baixa consideração do Estado pela segurança nesses bairros. Escolas públicas e serviços de saúde eram pouco eficientes, como atestava a proliferação de dispensários e escolas públicas, de má qualidade, frequentadas por quem não tinha alternativas melhores.

As pessoas viviam ali porque era mais barato do que morar perto do centro, mas viver ali diariamente reforçava, de mil maneiras a consciência de ser o último, de não contar para nada, de viver à margem da sociedade. Eu agora fazia parte totalmente desta humanidade sofredora.

O tempo passava e o dinheiro diminuía; após pagar o aluguer e as despesas do carro, não sobrava muito para comer.

O meu parceiro contribuía ocasionalmente, dando desculpas e, muitas vezes, esquecendo-se de dar a sua parte.

Ele costumava sair e dizer ser convidado, boa sorte dele! Ele sempre parecia ter dinheiro para sair à procura de garotas.

Fui reduzido a viver de pão e água; era um luxo quando conseguia encontrar uma sopa pronta ou podia comprar cubos de sopa. A água fervida com um cubo ganhava sabor; era uma dieta perfeita para perder peso, mas, honestamente, não balanceada.

Este estado de subsistência continuou por alguns tempos. Cheguei a um ponto em que não conseguia nem comprar pão. Tive que evitar entrar numa loja porque a visão e o cheiro de pão ou comida davam-me cólicas estomacais e deixavam-me angustiado.

Eu havia estabelecido um orçamento semanal com os poucos recursos restantes e precisava cumpri-lo. Uma vez, adotei a estratégia de economizar alguns centavos e depois de cerca de dez dias acumulei dinheiro suficiente para comprar um peixe barato, então, eventualmente, iria comer algo mais do que o pão e água de costume.

Jesus também alimentou a multidão faminta com pão e peixe.

Fui ao mercado e fiz as minhas compras; fiquei muito feliz com essa mercadoria fantástica. Eu só tinha que voltar para casa e colocar o meu peixe no fogo. Naquele dia chovia cães e gatos, mas não me preocupei com isso, estava a pensar na próxima refeição e no banquete que me esperava.

Quando cheguei em casa, abri o saco plástico e como uma faca, percebi que só havia pão e nenhum peixe. No final das contas, isso foi deixado no balcão, pensei. Apesar da chuva torrencial, voltei à loja e expliquei, mas todos negaram; ninguém viu ou encontrou peixes extras por perto. Fui para casa misturando as minhas lágrimas com a chuva; parecia demais. Naquela noite não foi difícil preparar o cardápio: pão e água.

Durante esse período de jejum, eu parecia uma sombra de mi mesmo. Nunca fui gordo, mas a essa altura certamente parecia anoréxico, viciado em drogas ou com SIDA; a minha figura despertava suspeito em quem me via e isso tornava ainda mais difícil conseguir um emprego; a boa aparência tão elogiada para entrevistas de emprego havia desaparecido.

Eu começava a sentir-me preso num túnel escuro. Da mesma forma, achei difícil manter acesa a chama da esperança; tive vontade de desligar tudo.

Novos problemas também surgiram: enquanto antes eu era um imigrante legal com passaporte e visto, agora o meu visto expirou, então eu era um imigrante irregular; eu era um Mr. Ninguém. Isso agravou a minha condição e tornou os meus pensamentos mais sombrios. Sempre estive do lado da lei; após ser traiçoeiramente baleado pela lei, eu era agora um ilegal.

Alguns problemas não podem ser compreendidos até que caem inesperadamente sobre você. Poucas pessoas preocupam-se em analisar e apreciar a normalidade.

Não havia nada normal para mim agora. O túnel era longo, escuro e sem esperança; nenhuma luz aparecia na parte terminal; era uma caverna fechada. Fui privado de tudo, da minha identidade, mas não da minha fé e esperança; a fé sugeriu-me que havia um significado oculto em tudo o que estava a acontecer; a esperança sugeriu-me que, enquanto houvesse amanhecer, haveria luz do dia.

Descobri existirem muitas pessoas nas mesmas condições e estarem em pior situação, que nem tinham onde dormir, e entre elas havia muitas pessoas com diploma universitário ou habilitações literárias.

Um dia conheci um casal europeu e, brevemente, conversamos; logo fiquei preocupado com as suas misérias. Não precisei muitas palavras para entender que aqueles dois não tinham lugar para ficar, nenhum lugar fixo para dormir. Tive pena deles e os convidei a virem no meu alojamento para um breve tempo.

" [1]*De que adianta, meus irmãos, alguém dizer que tem fé, se não tem obras? Acaso a fé pode salvá-lo? Se um irmão ou irmã estiver a necessitar de roupas e do alimento de cada dia e um de vocês dizer-lhe: "Vá em paz, aqueça-se e alimente-se até satisfazer-se", sem, porém, lhe dar nada, de que adianta isso? Assim também a fé, por si só, se não for acompanhada de obras, está morta... Assim como o corpo sem espírito está morto, também a fé sem obras está morta"*.

Eles ficaram connosco por um curto período até que puderam encontrar um lugar barato onde morar.

Compartilhamos tudo, pão e água, bom e mau-humor, esperanças e deceções, mas, no final, trocamos palavras para alimentar a esperança.

Estava a chover naqueles dias. A nossa dieta continuou a pão e água. Com a chuva, gafanhotos surgiram pela casa, na grama rala; eles pareciam ter sido enviados do céu; superando uma relutância, mas

---

[1] Tiago 2:14-26

impulsionados pela necessidade, tomamos coragem uns dos outros, reunimos em grande número e os colocamos para fritar, como os habitantes locais faziam. Os insetos provavelmente também estavam de dieta porque, após fritarem, ficaram reduzidos a nada, mas trouxeram algo novo para os nossos corpos e as nossas mentes estavam mais satisfeitas do que os nossos estômagos, que tentaram alguns protestos.

A esperança tinha que ser a última a morrer e, então, depois de todos aqueles meses de procura, encontrei um emprego como lavador de pratos e faz-tudo num restaurante e takeaways administrado por um casal grego. Vários dos que estiveram lá antes, deixaram; o último foi embora repentinamente, então os proprietários precisavam imediatamente de alguém para assumir as tarefas.

Passar fome, ficar na ilegalidade e não saber o idioma eram credenciais a favor de conseguir aquele emprego sem contrato, tendo que trabalhar incontáveis horas por dia, pela sobrevivência.

O pouco de racionalidade que restou, fez-me pensar nas condições de escravidão que se diziam extintas; tínhamos certeza de que era? Mas foi o meu primeiro emprego: tinha que trabalhar das 7 da manhã às 9 da noite; o dia de folga da semana era segunda-feira. Assim, comecei a passar aquelas longas horas pregado na pia ou ajudando os cozinheiros; as minhas mãos estavam constantemente na água e muitas vezes eu tinha que ir buscar refrigerantes no congelador para repor os esgotados no expositor. Mesmo que estivéssemos na África, entrando naquele congelador com tanta frequência, não dava prazer, passando repentinamente de quente para congelante. Isso fez-me sentir o mesmo frio dos invernos na minha pequena cidade e trouxe-me de volta à velha vida.

O local era um restaurante despretensioso: não era tão grande, mas havia um bom fluxo de clientes que vinham para comer algo rápido na hora ou para levar.

A regra para mim era sempre sorrir e acompanhar os clientes nos gostos deles, sem perder muito tempo; tudo era muito diferente de quando eu era médico. Eu também tive que manter as mesas, balcão e chão limpos, descarregar as mercadorias dos caminhões dos fornecedores, preparar e limpar as mesas, incluindo a mesa dos donos, lavar a louça, e tive que fazer todas as tarefas órfãs. Não diariamente, mas em dias de sorte os donos davam-me algo para comer sem me cobrar por isso. Este foi um grande passo em relação à minha dieta pobre, que tornara-me transparente.

A minha força foi-se e quando tive que descarregar alguns artigos pesados, o cansaço era enorme. O salário era suficiente para pagar a renda, contas e gasolina. O local de trabalho era longe e gastava muito dinheiro com transporte. Não sobrava muito para comida. Pelo menos a maioria das despesas agora estava coberta.

Devido às horas com as mãos na água e às frequentes idas ao congelador, comecei a ter alguns problemas nas articulações, que começaram a doer e inchar; isso tornava o trabalho, basicamente manual, ainda mais difícil; além disso, convivia com uma constipação constante.

A minha esperança de aprender francês diretamente conversando com os clientes foi frustrada porque esses vinham de corrida para comer, então cumprimentavam, faziam uma presença fugaz e saiam. Eu mal pude fazer algumas breves trocas. Além disso, eu parecia uma aberração de circo, a maneira como algumas pessoas olhavam para mim, não estando acostumada a ver brancos servindo aos negros.

O proprietário não foi útil porque falava grego com a esposa. Depois dos primeiros meses, fiz uma avaliação que não foi animadora: pouco dinheiro, nenhum tempo para aprender o idioma, algumas doenças, nenhuma satisfação concreta e nenhuma prospetiva de avançar.

Pensei que estava a chegar ao fundo do poço, se é que houve um.

9. SURPRESAS REPETIDAS

Nunca tenha medo de tentar algo novo. Lembre-se: amadores construíram a Arca enquanto o Titanic foi construído por profissionais. Dave Barry

Como uma pedra na minha cabeça, o meu carro, no qual gastei as minhas últimas economias, foi roubado, conforme o que disse-me o meu parceiro.

Ele usava-o a maior parte do tempo; trabalhamos em lugares na mesma direção; o meu lugar era o mais próximo; então, íamos juntos; Linas deixava-me no meu restaurante e continuava para o seu destino. Eu trabalhava muitas horas, então à noite ele deveria buscar-me, embora muitas vezes ele trouxesse desculpas para não vir.

Um dia ele disse-me que o carro havia sido roubado, sem me dar muitos detalhes. Perguntei-me quem estava interessado em roubar um carro tão velho e se valia a pena arriscar. O carro havia sumido oficialmente e eu estava de volta à estaca zero. Foi como se tivesse perdido um amigo querido e com certeza comecei a ter dúvidas e a perder a já baixa confiança e consideração que tinha no meu camarada.

Como poderia seguir a partir daqui? Não tinha mais dinheiro para comprar outro carro nem se for barato; teria que usar transporte público ou táxis; era desmoralizante ter de voltar ao ponto de partida; era como lutar para subir uma escada e cair de volta. Eu estava de volta à prancheta.

Naquela época, praticamente não havia transporte público naquela cidade, onde os taxistas dirigiam de maneira louca; um micro-ónibus normal de nove passageiros transportava quase o dobro de passageiros.

Havia uma velha ferrovia, mas ninguém recomendava entrar naquele comboio, mas não tive escolha a não ser tentar o comboio que parava perto da minha casa e não muito longe do meu lugar de trabalho.

Quanto ao horário, nunca sabia quando estava a partir, muito menos quando estava a chegar. Não tinha muitas alternativas, então tentei esse meio de transporte. Ao longo da rota, a cada poucos minutos, os passageiros mudavam completamente; os rostos não pareciam muito alegres, alguns pareciam agressivos; no rosto de alguém, podia-se ler como se estivessem planeando algo contra mim (roubo, violência, quem sabe ... talvez fosse só imaginação).

Histórias de pessoas sendo atacadas, espancadas, roubadas ou mortas pertenciam a cornaca diária, e os estrangeiros eram um alvo privilegiado. As autoridades não se importavam muito com essa criminalidade, que afligia as camadas mais baixas da população e habitualmente afetava estrangeiros 'indesejáveis'.

A viagem era uma verdadeira guerra de empurrões e esbarros para seguir e usar força física para permanecer aí. A cada parada, podia ver a repulsa nos rostos das pessoas no comboio enquanto os novos passageiros lutavam para embarcar e ganhar espaço. As janelas estavam abertas ou já não existiam, mas o fedor de seres humanos aumentava e não era muito agradável. Parecia o comboio sem esperança, como uma carga de desespero correndo para o inferno para despejar o lixo da humanidade numa lixeira.

Às vezes, à noite, os meus patrões, apesar sem carinho, levavam-me para casa porque temiam de logo ficar sem o garçon lava-louça. As coisas não podiam continuar assim; tentei pegar aquele comboio algumas vezes, mas apenas para a viagem matinal. Eu não tinha dinheiro para comprar outro carro, mas precisava encontrar uma solução.

O meu parceiro não interferia e parecia viver em outro mundo, feliz com a sua vida com as suas moças. Não havia ninguém para me ajudar. Decidi que deveria procurar outro carro e então, no meu dia de folga, fui dar uma olhada.

Com a ajuda da Providência, vi uma carrinha Peugeot, originalmente pertencente aos correios holandeses, em boas condições, aparentemente com cerca de 20 anos, a um preço razoável. Numa placa manuscrita no painel, alguém ironicamente escreveu aquele carro precisar de mimos e cuidados. O importante foi que arrancou bem e se movia; os pneus não eram muito danificados, conforme os padrões africanos; o motor funcionava; os travões também. Combinei com o proprietário o parcelamento, o que era muito incomum na África. Quem venderia um carro de vinte anos com pagamento diferido, sabendo que logo poderia parar de rodar? Talvez tenha sido o meu rosto branco que convenceu o vendedor! Desde a primeira viagem, parecia um carro confortável e eu não deixei espaço para a minha mente voltar aos últimos modelos de carro que tive na Europa, onde as coisas assumiam valores ideais além do uso próprio. Aqui estávamos nós jogando duro pela sobrevivência.

Eu estava agora num lugar onde os objetos tomavam forma concreta, ligando-os ao seu valor derivado da sua utilidade; o valor abstrato das coisas que adquirem identidade e prestígio por valores puramente conjeturados, tudo isso dissolvia-se na fumaça do relativismo.

O meu novo carro tinha dois tons, preto e branco: exatamente como eu estava dentro. Algumas partes não estavam em ordem; alguns botões estavam desparafusados ou faltando; metade das luzes funcionava, algumas na frente e algumas na parte traseira. Parecia consumir mais óleo do que gasolina; às vezes parecia funcionar com óleo; mas no final, eu tinha um carro de novo e poderia esquecer o comboio. Eu também iria consertá-lo lentamente.

Com certeza o meu companheiro não colocaria mais o seu rabo nisso.

10. QUEM SOU EU?

Devemos nos perguntar quem é um migrante irregular, alguém que não tem permissão para ficar num país. Ele é uma pessoa sem futuro porque não tem identidade a reivindicar. Ele torna-se uma presença ilegal e ilegítima. Ele está aqui, mas, em simultâneo, não está. Ele vive num limiar. Ele é uma não pessoa.

Havia uma espécie de inverno chamado Harmattan: de novembro a fevereiro, um vento arenoso soprava do deserto e gerava um clima muito seco com sol constantemente nublado pelas nuvens de areia do deserto; isso criava uma paisagem invernal e trazia consigo um frio moderado. Havia até manhãs com nevoeiro.

O meu carro não tinha aquecimento nem ar condicionado e as janelas também não eram herméticas, permitindo a passagem de muito ar, pelo que, como o meu carro não era climatizado, o meu corpo teve de aclimatar-se e adaptar-se aos diferentes climas.

Os pensamentos que me acompanhavam enquanto dirigia não eram radiantes. Muitas vezes fui assaltado por uma sensação de angústia de estágio final. Às vezes, encontrava consolação em pensar que outras pessoas estavam na minha condição ou até pior; pensei que os europeus viviam como senhores, mas não apreciavam isso, porque eles não davam valor as coisas; perguntei-me o que os africanos fizeram de errado ao ter que enfrentar a vida diariamente dessa forma como se cada dia fosse o primeiro e o último. Pessoas desesperadas inventavam empregos para sobreviver e usavam muita inventividade.

Uma dessas atividades era o comércio de passaportes; acontecia que aqueles que estavam em extrema dificuldade vendiam um passaporte como último recurso para conseguir algum dinheiro para sobreviver por mais alguns dias.

Podia eu ser poupado disso?

O meu passaporte foi vendido sem qualquer decisão da minha parte e sem o meu conhecimento; o negócio foi planeado e executado por o meu taciturno companheiro: ele de novo. Ele vendeu o meu passaporte por $50. O negócio, ele disse-me, era que a pessoa usaria o passaporte para viajar, mas o traria de volta para mim como se fosse um "empréstimo".

Por que não me perguntar primeiro? Por que não

emprestar o dele?

Assumindo essa mentira, o meu passaporte levaria o carimbo ao deixar o país, e a pessoa que o usasse talvez voltasse com outro passaporte e o meu não teria mais carimbo de entrada ou seria vendido a outra pessoa. Com certeza o meu passaporte nunca mais voltaria e eu não tinha mais o meu documento.

Fui traído pela segunda vez pelo mesmo suposto amigo com quem me iludi a pensar que estava a compartilhar e aliviar as dificuldades.

Ele havia acrescentado novos apuros, e agora que eu não tinha nenhum documento, tornei-me um Mr. X absoluto. Não conseguia acreditar o que os seres humanos são capazes de fazer e conspirar contra os seus amigos, partindo dum pacto de solidariedade.

Afinal, fizera muito para amenizar as suas dificuldades, hospedei-o de graça, pois ele raramente pagava as suas dívidas; ele usou o meu carro e o vendeu indevidamente. Isso era nojento; eu queria livrar-me desse falso amigo; o ódio era tão forte que eu queria atirar nele se eu tivesse uma arma.

Senti que ele deveria sair de casa, mas não tinha uma arma de verdade, não tinha armas persuasivas ou restritivas e não podia arremessá-lo pela janela pela força.

Eventualmente, eu tive que me recompor.

Já com muitos problemas, tive que adiar a solução desse assunto. Pela enésima vez, senti estar no fundo do barril, senti-me grudado nele, grudado nele após ter sido atraído por ele como por um magnético.

Toda a merda da vida humana foi lançada contra mim, cobriu cada centímetro de mim, invadi o meu cérebro, o meu coração, tudo. Agora eu sentia-me incapaz de reagir. Um polvo amaldiçoado e faminto havia vencido e com os seus tentáculos agarrava-me e sufocava-me.

Como podia procurar emprego ou pensar em fazer o vestibular sem carteira? Eu era um clandestino, um Mr. X, um migrante irregular, um criminoso. Eu havia perdido a minha identidade. Não aguentei o golpe, a minha cabeça doía fisicamente e sentia-me desorientado. Não conseguia mais orar, muito menos formular pensamentos positivos.

Apesar de tudo, o instinto animal, provavelmente o último a falhar, manteve-se vivo e continuei a trabalhar.

Um dia, compartilhei brevemente os meus problemas com um cavalheiro, encontrado ao restaurante e, surpreendentemente, após mostrar grande interesse por minhas palavras, ele foi direto para uma proposta viável. Ele trabalhava numa grande casa de propriedade de europeus, como jardineiro, vigia e faz-tudo. Ele sabia que os proprietários queriam aumentar o quadro de funcionários, por isso, falaria bem de mim, principalmente porque eu era branco e era favorecido por isso. As condições de trabalho difeririam: dois dias de folga, pagamentos mais regulares mesmo que o salário não fosse muito mais alto.

Isso injetou-me uma nova esperança e desejo de continuar, exatamente como a adrenalina que eu estava a usar para reanimar pacientes quase mortos.

O homem manteve a sua palavra e conseguiu marcar uma entrevista para mim com os proprietários da vila. Eles não pediram o meu passaporte ou qualquer outra coisa. Eles ofereceram-me logo um contrato não oficial e as coisas ficaram assim concluídas. Isso reacendeu a chama da esperança, despertou os meus sonhos e pensamentos positivos novamente.

Trabalhei lá alguns meses, fazendo jardinagem, consertos gerais, ajudando na cozinha; os proprietários pagavam-me todas as semanas, o que me permitia fazer as minhas pequenas compras semanais nos mercados. Felizmente, ninguém nunca me perguntou qual era a minha profissão na Europa; todos estavam ocupados com os seus negócios e satisfeitos com o meu desempenho.

Houve uma mudança dramática nos meus hábitos alimentares, a minha saúde melhorou e deu um bom impulso à minha recuperação física e mental.

Agora eu podia comprar frutas, vegetais, às vezes carne ou peixe e pão, até mesmo o pão com o melhor cheiro; eu senti-me com sorte. O mundo sorria novamente. Fiquei grato a Deus pelos grandes presentes que ele finalmente estava-me a mandar.

Foi a confirmação de que Ele não tinha se esquecido de mim, e essa também foi uma certeza muito importante.

11.QUEM TERIA IMAGINADO?

O que a lagarta chama de fim do mundo, o resto do mundo chama de borboleta.

Após recolher algumas informações, com a cabeça fria, concluí que para voltar a ser um cidadão normal e legal, deveria requerer o estatuto de refugiado temporário, embora não tivesse claro os motivos que daria para justificar o meu pedido. No entanto, senti-me perseguido pela justiça e também pelo destino. Eu estava a recuperar a vontade de fazer o exame médico, se tivesse a oportunidade.

Essa era a opção por enquanto, que parecia um caminho certo a seguir, embora pudesse não ser o melhor, mas ainda assim era um rumo viável.

Outras soluções seriam casar e adquirir a cidadania por esse caminho. Com a minha experiência anterior com casamento, eu não queria tornar-me pior, sabendo muito bem que aquelas eram histórias arranjadas propositadamente para ser desfrutadas.

A escolha restante parecia mais fácil: eu solicitaria a condição de refugiado para "perseguição judicial" no meu país, o que era verdade. Ia levantar sérias dúvidas sobre a regularidade do processo contra mim com a cadeia de consequências e repercussões na minha vida e profissão.

Recompus-me e fui ao escritório da imigração uma manhã e entrei na fila. Nunca pensei que encontraria uma bicha tão longa; de onde todas essas pessoas vieram? Esses rostos mostravam sinais de sofrimento, mas também mostravam resignação e dignidade. Muitos eram famílias inteiras com muitos filhos a reboque. Não ousei imaginar o sofrimento por que havia passado.

Milhares de pessoas desesperadas vieram para os Camarões de países vizinhos, fugindo da guerra ou perseguição tribal; alguns deixaram a sua terra natal simplesmente porque foram atraídos por algo novo, para romper com a tradição secular de imobilidade social.

Eles eram então obrigados a residir em campos de refugiados oficiais ou improvisados, longe do tão sonhado centro da cidade, ainda mais nas periferias, em localidades áridas, onde viver significava depender de rações alimentares da caridade internacional.

Essas pessoas e eu com elas vivíamos duplamente nas margens: nas periferias da cidade, mas também nas periferias das culturas de onde viemos.

A minha história ocorreu ser pequena quando a comparei com aquelas pessoas.

O lugar não era dos mais amigáveis; tive dificuldade em trocar palavras com alguns outros pobres diabos como eu; uma fofoca que circulava era que as autoridades estavam a rejeitar cerca de 80% dos pedidos.

O procedimento era encaminhado e, uma vez aprovado, o requerente teria permissão de três meses de cada vez antes de chegar a um veredicto final, que era a aspiração máxima e o ápice mais vacilante sendo alegadamente negativo por 80% dos candidatos. O país não negava hospitalidade aos necessitados, mas não queria encher-se de indigentes estrangeiros.

Demorei algumas horas até chegar a minha vez; usei a minha carta de condução e os meus diplomas como identificação, que felizmente mantive em ordem. Eu estava com medo de que eles pedissem o meu passaporte, e eles pediram. Eu disse-lhes meia-verdade, que foi roubado.

Para ser franco, nunca denunciei porque não quis causar mais problemas ao meu companheiro de casa desonesto. Se eu tivesse ido à polícia, não sabia como poderia bem explicar-me e tinha medo de trair-me, devido à pobreza da minha língua; simplesmente preferi deixar o assunto de lado.

No final, era pura verdade. Tive medo de que me expulsassem, mas a Providência estava comigo, ao meu lado.

Esses poucos minutos pareceram uma eternidade.

Os funcionários não me fizeram mais perguntas ou solicitações além de enviar-me para o procedimento de coleta de impressões digitais. Indicaram-me uma grande sala onde me mostraram recipientes de tinta para mergulhar todos os meus dedos e depois colocá-los num papel especial.

Isso lembrou-me do procedimento feito para criminosos e prisioneiros. Pediram-me uma foto de passaporte recente que eu não havia, mas estavam muitos fotógrafos do lado de fora, prontos para fazer o trabalho.

Finalmente, todos os documentos e procedimentos foram concluídos e eu estava pronto para me candidatar oficialmente como refugiado.

Enviei a inscrição e pelo menos dei o primeiro grande passo; não consegui conter a alegria devida ao alívio que sentia.

Agora eu teria que esperar um pouco antes de saber qual seria o meu destino, mas pelo menos, com o recibo do pedido, eu tinha uma aparência de legalidade. Enquanto aguardava o veredicto, eu teria que renovar o meu pedido a cada três meses, e isso garantiria a minha identidade e legalidade.

Se a deliberação final fosse negativa, eu receberia uma ordem de deportação com a data em que deveria deixar o país. As expulsões eram realizadas e rigorosamente fiscalizadas pela Polícia de Fronteira, que ia buscar as pessoas nas suas casas.

Apesar de tantas informações e medos, eu estava nas nuvens de alívio quando saí daquele lugar sombrio e assustador.

Agora não era hora de fantasiar sobre o que poderia acontecer meses ou anos depois. Tive que ficar com o presente; *carpe diem* (cuida de hoje!) nunca foi um ditado mais verdadeiro.

Aquele lugar se tornaria familiar, tendo que ir para lá a cada três meses com o coração na boca e a mente em turbilhão, sem saber que novidades encontraria.

O alívio era assim enorme após a renovação do veredicto que eu seria capaz de voar alto. O medo de voltar à clandestinidade, ou pior, de ter que ir para outro país, tirava sono e serenidade. A ansiedade e a tensão estavam em alta enquanto eu me aproximava do prazo de três meses.

No final, foi uma experiência positiva, mas também carregada de muita aflição. Com uma mente positiva, encontrei a força para continuar e solicitar um novo passaporte.

Tive de relatar a perda anterior à polícia. Foi mais fácil do que eu temia. A polícia não me fez muitas perguntas; eles aceitaram as poucas coisas que fui capaz de dizer. Eles provavelmente estavam acostumados com esse crime. Com o recebimento da queixa, fui ao Alto Comissariado Britânico, onde sinceramente não estava desejoso para colocar os pés porque sabia o quão curiosos e intrometidos aqueles funcionários eram.

Era bem-sabido que a intenção deles era raramente de ajudar, mais frequentemente de livrar-se do incómodo; não importa o quanto custassem para os contribuintes!

Eles perguntaram-me por que eu queria viver como refugiado, o que não honrava o nosso país e muito menos a minha profissão. Expliquei que não tinha mais nada a ver com o Reino Unido, nem tentaria reintegrar-me; por enquanto, não tinha outra maneira de obter uma autorização de residência.

Com o passaporte novo e esses recibos, poderia ter-me candidatado a um emprego e até começado a pensar no exame médico, se não fosse pelo idioma.

Com o passar do tempo, eu não estava a reclamar e estava feliz na vila; era como viver num filme ambientado na época colonial; o trabalho era simples, até agradável; esporadicamente, sem que ninguém se opusesse, podíamos tirar uma soneca, sem muito aproveitar; era uma condição bem diferente do restaurante do grego.

Trabalhei naquela vila por alguns meses, quase um ano. Correram rumores de que os proprietários, pode ser desapontados com algo ou alguém, queriam voltar para a Europa; provavelmente os tempos já não eram muito favoráveis para gente como eles nas antigas terras coloniais. Eles começaram a nos dar dias de folga inesperados até que nos enviaram cartas de rescisão. Eu, que fui o último a ser contratado, fui o primeiro a recebê-la. Isso acabou com a minha confiança nas compras semanais, que eram habituais e sagradas.

No entanto, estava cheio de confiança e vontade de dar um passo à frente na minha vida de expatriado. Tive agora a sensação de pertencer a essa condição e não mais a sensação de ser um estranho.

12. A ETERNA LUTA DOS ESTRANGEIROS

A saída é pela porta. Eu pergunto-me por que ninguém nunca pega. Confucius

Muito tempo já havia passado desde a minha chegada a Yaoundé. Muitas coisas aconteceram. Ainda não dominava bem a língua, mas comecei a supor que poderia procurar um trabalho na área de saúde, senão como médico.

Sobre os médicos estrangeiros, ocasionalmente encontrei algumas pessoas e ouvi algumas histórias ilógicas: alguns tinham qualificações muito altas, outros eram muito baixos. As histórias que ouvi eram quase todas estranhas, trágicas e cómicas em simultâneo. A regra não escrita era que, para os imigrantes, encontrar um emprego era uma tarefa difícil, não importa o quê.

Conheci alguns médicos estrangeiros que falavam a língua, mas as suas histórias eram iguais às minhas no emprego: simplesmente, sem oportunidade.

Na época, corria o boato de que com o Ano Novo o governo aprovaria novas regras para facilitar o recrutamento de médicos estrangeiros. O tempo passou sem que nada acontecesse, ninguém entendia por que, num país com falta de médicos, os doutores estrangeiros tinham que voltar para o lugar de onde vieram ou se sintonizar com outros empregos.

Não havia lógica e ninguém era capaz de dar uma explicação razoável. Enquanto isso, temia perder os meus conhecimentos médicos. Eu estava com medo dum colapso mental que destruiria o que eu havia lutado por toda a minha vida.

O problema de sobrevivência voltou, então eu precisava encontrar rapidamente qualquer trabalho que me desse algum provento. Depois de todo aquele tempo desde a minha chegada, agora sentia-me mais frustrado porque ainda não conseguia falar decentemente; era como se o meu cérebro estivesse preso àquela linguagem; qualquer nova palavra que tentava entrar, o meu cérebro fechava as venezianas para impedir que ela entrasse.

Quando ia procurar trabalho, alguém era paciente e ouvia-me, mas alguém interrompia-me.

Desejando entrar na área médica, a linguagem certamente teria sido mais necessária.

Os meus únicos recursos de aprendizagem eram um pequeno dicionário de bolso e um livro de gramática. Pronunciava as palavras do meu jeito, sem saber se estava correto. Eu não tinha TV e não conhecia nenhum nativo que pudesse ajudar-me.

Encorajei-me e convenci-me de que estava a melhorar, com uma dúvida residual espreitando nas minhas entranhas. Conhecer o idioma aumentaria muito as minhas oportunidades de encontrar um emprego e provavelmente algum trabalho qualificado.

Percebi que estavam a procurar médicos no vizinho Congo; consegui obter os formulários de inscrição; tive ajuda para preenchê-los, concluí-los e enviei-los.

Os congoleses pareciam estar com boa disposição e responderam após um tempo relativamente breve; a resposta não foi nem positiva, nem negativa para o trabalho; eles não levantaram nenhuma preocupação especial sobre o meu currículo ou qualificações e, em vez disso, escreveram que "no futuro...".

Eu senti-me estimulado e ao ver ofertas de emprego para médicos em qualquer país africano de língua francesa, permanecendo a minha relutância em mudar-me para antigos países britânicos, senti-me pronto para me candidatar; preparei uma carta de apresentação em francês à qual anexei o meu currículo. Contactei algumas embaixadas e ministérios por telefone, fazendo o meu melhor com o idioma; enviei inscrições para os cinco ou seis países vizinhos.

Muitos dos meus desafios ainda não foram respondidos.

Peguei uma velha máquina de escrever que comprei no mercado de pulgas; concertei-a com fitas novas, lubrifiquei bem e fiz a máquina funcionar como um encanto.

Deu-me a sensação de ter um escritório. Eu não era um grande digitador, mas podia escrever as minhas cartas. O resultado foram cartas como se tivessem sido escritas décadas antes, mas eram legíveis e esse era o resultado importante.

Tive que destruir muito papel quando havia muitos erros; as falhas de digitação não podiam ser corrigidas e muitas correções tornavam a carta não apresentável. Aprender a digitar não estava na minha agenda, mas no final consegui passar para isso.

Chegou ao meu conhecimento que alguns médicos europeus encontraram vagas em hospitais privados ou missionários, contrariamente a minha primeira conjetura, onde a gestão não se prendia tanto aos títulos, mas valorizava as aptidões profissionais dos candidatos. Este foi um bom pontapé inicial.

Havia várias pequenas clínicas e hospitais, principalmente na cidade; no mato prevaleciam os hospitais missionários.

Preparei uma lista com os números de telefone, quando disponíveis, identifiquei aproximadamente no mapa e comecei a ligar. Em poucos dias, tive uma resposta positiva.

Tive que ir ao dia seguinte para uma entrevista com um gerente duma clínica particular.

Com o coração na boca e a agitação, que raramente

experimentei, nem mesmo nos vestibulares, apareci numa sala modesta, mas bastante arrumada dentro dum edifício com uma enorme placa com as palavras: CLINIQUE DE SANTÉE. Aquele gerente olhando fixo para mim, deixava-me um pouco desconfortável. Eu senti-me como uma criança de novo na escola primária.

No final, a entrevista não foi complicada, e o gerente disse-me que eu poderia começar a trabalhar no dia seguinte, não como médico, mas como auxiliar de saúde (aproximadamente como enfermeiro).

Eu ia abrir uma nova página na minha vida. As minhas tarefas eram baseadas na enfermagem geral. Depois de tantos empregos, isso era pelo menos num ambiente médico.

Eu sabia controlar-me para não interferir na competência dos médicos, limitando-me às funções de enfermagem. Às vezes eu via-os a fazer coisas sobre as quais não concordava, mas o meu papel era ajudar e não tomar decisões ou intrometer-me.

O assunto simplesmente fazia o meu coração sangrar, sabendo que médicos bem qualificados, não oficialmente reconhecidos naquele país, estavam nas ruas vendendo chinelos, enquanto esses médicos licenciados nem sempre estavam à altura das suas tarefas. Essa era a realidade sombria.

O que mais eu poderia querer? Eu tinha os meus papéis, era legal naquele país, tinha um emprego no sector da saúde.

Eu finalmente havia pago pelos meus pecados e pelos pecados dos outros?

A ira de Deus parecia, finalmente, ser aplacada, embora eu nunca tenha entendido o que a causou! A minha mente então se voltou para os Profetas: exatamente porque eles eram justos, eles foram escolhidos por Deus e foram colocados à prova.

"Todos os meus amigos estavam a espionar a minha queda: talvez ele se deixe enganar, então vamos prevalecer sobre ele, nos vingar.

Mas o Senhor está ao meu lado como um homem valente; portanto, os meus perseguidores cairão e não poderão prevalecer; eles ficarão muito confusos porque não terão sucesso, a sua vergonha será eterna e indelével".

Quebrando o azar, ou pelo destino, conheci um missionário espanhol um dia e contei-lhe brevemente a minha história. Recebi a solidariedade verbal convencional e as palavras de que Deus faz sofrer aqueles que ama, que Deus testa os justos, assim como fez com os profetas. Jesus Cristo, seu Filho, Deus e homem, acabou pendurado na cruz. Eu tinha um bom motivo para manter os meus pensamentos elevados. Antes de sair, ele prometeu-me fazer algo por mim. Mas nunca mais encontrei nem ouvi daquele missionário.

No hospital onde trabalhava, havia outros médicos estrangeiros, cubanos e vietnamitas, nenhum deles trabalhando conforme a graduação.

Nunca ousei perguntar por que motivo estranho eles estavam aqui nessas condições não tão brilhantes e o que os trouxe aqui.

Eu nunca, jamais teria tido esse problema se não fosse pela minha contenda original.

Eles eram os meus companheiros na desventura. Estavam a procurar aventuras? Não encontraram nada melhor para fazer nos seus países de origem?

Alguns médicos e enfermeiros locais, sabendo sermos médicos, podiam ser rudes e, por baixo, rir de nós, e alguns até procurando uma oportunidade de nos humilhar.

Esses sujeitos frustrados pareciam buscar vingança, talvez pela submissão que haviam sofrido em anos anteriores nas universidades europeias.

Não havia nada que eu pudesse fazer a não ser sentir pena deles, no meu coração.

Fiquei naquele hospital por cerca dum ano e meio. O dinheiro não era muito, mas mais do que na vila; o trabalho era mais em linha com o meu treino. As relações com os funcionários locais nunca realmente decolaram.

No entanto, tive muitos impulsos para melhorar e tornei-me capaz de dominar o meu francês; para não dizer que tive a hipótese de folhear livros de medicina para aprimorar os meus conhecimentos.

Felizmente, alguns médicos e enfermeiras, conhecendo a nossa condição, foram amigáveis e moralmente solidários. Alguns, sabendo que eu era cardiologista, aproveitaram-se e pediram o meu conselho.

Isso serviu de estímulo para a minha mente e o meu moral. Enquanto trabalhava no hospital porque o dinheiro não era muito, arrumei um segundo emprego como distribuidor de encomendas para empresas de entrega rápida (EMS, WTA, etc.). Este era um serviço de entrega em domicílio para embrulhos a serem entregues o mais rápido possível, o que estava a criar algum conflito no equilíbrio da minha programação diária.

Se as entregas ocorressem no perímetro urbano, a indemnização cobria bem as despesas. Mas quando houve alguma entrega extraurbana, era uma tragédia financeira: perdia os custos com combustível, sem falar na perda de tempo.

Às vezes, um cliente era generoso e dava-me uma pequena gorjeta que era abençoada. Às vezes, alguém até se recusava a aceitar o pacote, então a taxa era reduzida pela metade.

Não era muito frequente, mas às vezes quando as entregas envolviam restaurantes, alguma alma generosa oferecia-me de comer.

Aguentei, mas não adiantou muito, então tive que encerrar e continuar com o meu trabalho principal.

13. PEDIDO DE TRABALHO

Um não é o seu trabalho, um não é a quantidade de dinheiro que tem no banco, um não é o carro que dirige, nem o conteúdo da sua carteira, um não é a sua roupa de marca, um é a merda que cantarola e dança do mundo!

Eu estava a trabalhar naquele hospital há mais dum ano e, do nada, uma boa notícia veio a mim.

Tornara-se um ritual ir ao correio e verificar a caixa de correio; recorria uma peregrinação como um adorador esperando uma graça que nunca vinha.

O desencanto era frequente, extinguindo pontualmente as minhas esperanças. Às vezes eu ficava zangado, jogava fora cartas ou brochuras sem importância, mas eu nunca desisti do meu ritual.

Naquele dia, também, eu previa o ritual: a tensão e a esperança seriam substituídas pela desilusão. Foi assim por meses e meses.

Rompera todas as relações com o meu país de origem e teria preferido morrer a falhar no meu propósito. O que aconteceu fora uma sentença de morte cruelmente infligida a mim. Por um lado, estavam os algozes, por outro lado, havia aqueles que ficaram chocados e desconcertados com a minha história. Jogara ácido muriático em todos os meus relacionamentos, havia rompido os meus laços familiares e simplesmente desbotado.

Os meus pais sabiam que eu estava vivo, mas nunca lhes dei referências precisas.

Quando abri a caixa de correio, vi um grande envelope e pensei conter impressos de propaganda. O meu nome e endereço estavam escritos nele. Eu senti um calor subir na minha cabeça; era uma carta que podia conter nada, boas ou más notícias. Mil pensamentos sobrepuseram-se num instante: o meu pedido de refugiado, o tribunal no Reino Unido, alguma maldade...

Olhei para o cabeçalho, mas não estava lá, nem o carimbo da origem era legível. Tudo que eu precisava fazer era abrir o envelope e ver; senti o meu coração batendo rápido e o abri.

Logo vi que a carta vinha dum hospital no Congo e rapidamente fui nas linhas para ler que precisarem dum clínico geral com experiência. Perguntavam-me se ainda estava disponível para assumir o papel, para que enviara o meu pedido há cerca dum ano cuja resposta demorou pendente. Fiquei surpreso e descrente: espanto, ceticismo e emoção misturaram-se; muitas perguntas surgiram; houve um turbilhão incontrolável na minha cabeça por alguns minutos.

Quando me acalmei, rapidamente ficou claro para mim que teria de ir ao Congo para uma entrevista, o que seria um problema porque, como refugiado, não poderia deixar as fronteiras a menos que perder o meu estatuto de refugiado. Podia sair do país, mas não teria condições para voltar facilmente; essa era a lei. O pânico envolveu-me.

Eu tinha nas mãos a carta dum possível trabalho, com o formulário de inscrição em anexo, mas não era um verdadeiro contrato. De qualquer forma, não terei de decidir nada por enquanto, a minha tarefa imediata era preencher o formulário e enviá-lo; enquanto isso, eu teria compreendido melhor a situação e elaborado um plano para aquela nomeação imperdível.

Essa oportunidade teria restaurado a minha vida e restabelecida no caminho de onde eu havia sido arrancado. Significaria recuperar o sentido da minha vida, seria um contra jogo quem sabe até o restabelecimento das relações todas que havia cortado, mas das quais não sentia falta no momento.

O problema de deixar o país e perder a minha condição de refugiado permaneceu em aberto. Eu havia reunido informações e as respostas eram inequívocas.

Havia uma abundância de aproveitadores que ofereciam várias soluções por uma taxa; a questão era até que ponto essas soluções eram boas, algumas parecendo no limiar legal ou abertamente ilegais.

Tive que arriscar. Primeiro, abordei um congolês, mas ele não pôde nem iniciar a tarefa porque foi preso por alguma irregularidade. Ele provavelmente não tinha intenções genuínas em relação a mim também.

Outro ofereceu-se para me conseguir um visto, dizendo trabalhar no Ministério do Interior; oficialmente, ele não pedia nada, mas, na verdade, precisava de $100 para engraxar o carro, disse ele. Eu não gostei do gajo, mas não tinha muitas alternativas precisando urgentemente dum visto. Pessoas desesperadas fazem coisas desesperadas.

Eu tinha o dinheiro, sentia-me relutante, mas também tinha um desejo terrível e uma necessidade premente de ir para o Congo; dei o dinheiro a esse homem com o meu novo passaporte, entregue a mim há pouco tempo.

Ele prometeu-me que tudo estaria pronto em dez dias. Mais dos dez dias passaram-se e o meu passaporte não apareceu. O que havia acontecido com o meu passaporte, só Deus sabia! Não suportaria perder outro passaporte. A essa altura, percebi que não conseguiria o meu visto por esse sistema. Mas agora eu queria pelo menos o meu passaporte de volta.

Tirei um dia de folga do trabalho e procurei o gajo. Fui ao seu suposto escritório, onde ele me disse que estava a trabalhar; ele apresentara-se a mim como Monsieur Dubois.

Ninguém no Ministério conhecia alguém com esse nome. Com uma raiva profunda, não desisti. Descrevi o gajo para um oficial e, felizmente, alguém ouviu-me. Uma senhora disse-me que a descrição correspondia a um dos seus oficiais que tinha outro nome (Mr. Lagarde).

Aconteceu o que eu temia: confiei num vigarista, operando sob nome falso, que pretendia roubar dinheiro e não colocar nenhum visto, o que ele praticamente não podia fazer. Fiquei desesperado: o que aconteceu com o meu passaporte?

Felizmente, ele dera-me um número de telefone e eu esperava que não fosse falso; liguei várias vezes, tocava, mas ninguém atendia. Fui insistente em ligar e deixar tocar até que alguém atendesse. A minha insistência finalmente valeu a pena.

O Mr. Dubois respondeu hesitantemente dando algumas desculpas e marcou-me um encontro para o qual nem apareceu. O mesmo fato aconteceu mais duas vezes. No final, ameacei-o, gabando-me dos meus presumíveis conhecidos na embaixada, e consegui um novo encontro, em local que não conhecia. Eu estava determinado a conseguir o meu passaporte, custasse o que custasse.

Caminhei até o endereço que ele me dera; estava numa das áreas com maior índice de criminalidade, especialmente à noite. Mas nada impedia-me de recuperar o meu passaporte. Eu estava nervoso e com medo. Encontrei a área; havia alguns quiosques, pude ver apenas um café e as típicas lojinhas ainda abertas; vários carros podres eram espalhados em espaços sujos; vi o prédio, feio, visivelmente degradado, feito de muitos apartamentos. Provavelmente teve dias melhores. Muitas das janelas tinham vidros quebrados, as portas estavam meio arrancadas; ao redor havia ervas daninhas, lixo e poças. O prédio exalava intimidação. Estacionei o meu carro perto dum quiosque, ciente do risco de não encontrá-lo quando voltasse.

Entrei no prédio; as escadas estavam meio quebradas e sujas; havia uma luz fraca; era como estar num porão. Havia um cheiro de mofo, um ar de insegurança; senti haver-me colocado numa situação perigosa, mas nada me impediria de procurar o que queria.

O meu homem deveria estar no último andar. O elevador estava alinhado com o prédio: estava obviamente em desordem e quem sabe como (in) seguro. A luz da escada não funcionava. Encontrei o apartamento, bati na porta; alguém veio abrir a porta dum corredor, mas não era Dubois. Entrei numa sala onde estavam outros sujeitos de várias nacionalidades, evidentemente esperando pela mesma pessoa e com um problema semelhante ao meu.

O ambiente estava desolado; os móveis eram meio quebrados; havia uma TV e um rádio, ligados e com volume alto. Não parecia o ambiente de nenhum oficial confiável.

Depois duma longa espera, o nosso homem mostrou a cara; ele era o tal. Ele entrou no seu escritório e recebeu várias pessoas até chegar a minha vez. Logo disse-me que não poderia fazer o trabalho combinado porque era mais complicado do que o esperado, citando muitas desculpas, mas não estava com o meu passaporte.

Da mesma forma, ele disse mais algumas palavras tentando convencer-me, enquanto na minha mente eu estava a lançar todos os insultos contra ele. Como eu esperava, ele disse que eu teria que pagar outra taxa para desbloquear a situação que, caso contrário, não iria avançar; obviamente não era disposto a devolver o dinheiro.

Essas palavras tinham um sabor de chantagem e percebi haver perdido o meu tempo e o meu dinheiro. Com determinação, fiz com que ele entendesse que o caso não acabava assim e, como por telefone, exibi nomes falsos de embaixadores e generais, como os meus bem conhecidos.

Saí, em franca deceção. Eu não encontrei o meu passaporte e agora não tinha certeza se encontraria o meu carro novamente. Já era noite, também temia pela minha segurança. Graças a Deus, vi o meu carro sem vidros quebrados.

Eu dirigi com uma raiva que fez o meu corpo inteiro vibrar. Havia perdido o meu passaporte novamente, novo em folha, e precisava desesperadamente dele. Tive vontade de chorar, mas percebi que não era mais capaz de chorar. Cheguei em casa e tentei recuperar-me do choque.

Primeiro, comecei a pensar que não poderia deixar as coisas assim. Tive uma ideia. Eu ligaria para o falso Mr. Dubois no telefone e gravaria a conversa. Eu precisava de provas dos seus crimes. Nos dias seguintes, comprei um gravador de segunda mão e liguei para o meu homem; por sorte, quando ele respondeu, deixei que falasse o tempo que quisesse enquanto eu gravava, sem ele saber. Ele explicou as suas coisas, as implicações; ele pediu mais dinheiro; desta vez ele queria $200, que precisava para lubrificar os seus colegas. Ele repetiu várias vezes, enfatizando que estava a fazer o melhor que podia. Terminamos a conversa que eu consegui gravar; verifiquei ansiosamente se tudo funcionasse e a conversa era cristalina.

Não esperei mais. No dia seguinte fui direto ao Ministério e pedi para ser recebido por algum oficial, explicando brevemente o propósito da minha visita. Perguntei novamente sobre aquele Mr. Dubois, sabendo qual seria a resposta.

Esta foi apenas a introdução; então, educadamente pedi a um oficial que ouvisse a gravação porque havia algumas coisas em que ele poderia estar interessado. Não apenas comecei a tocar a gravação, como por milagre, o falso Dubois apareceu para me entregar o meu passaporte. Ao contrário da sua loquacidade usual, ele não disse uma única palavra. Peguei o meu passaporte e saí, cheio de raiva e alívio.

No entanto, eu estava no ponto de partida para o meu visto e tinha nojo, se é que havia necessidade, dos seres humanos.

14. AINDA ALGO ESTÁ SE MOVENDO

A continuidade nos dá as raízes; a mudança nos dá os ramos, cabendo a nós estendê-los e fazê-los crescer a novas alturas.

Eu senti-me sob pressão; tive que encontrar uma solução para o meu problema de deixar temporariamente o país sem afetar o meu estatuto, que era muito precioso e inalienável. A minha identidade havia renascido e com ela, a minha dignidade social. Tinha que haver uma solução. Liguei para o hospital no Congo e eles disseram-me que os meus papéis haviam chegado e sendo examinados pelo Ministério; também acrescentaram que uma visita pessoal não seria demais e confirmaram o interesse em encaminhar novos médicos.

O meu problema vital era como conseguir um visto para entrar legalmente no Congo.

Consegui entrar em contacto com outros congoleses; eles só puderam dizer-me que não era fácil e que muitas vezes os documentos se perdiam nas várias passagens.

Eu estava agora no meu terceiro ano na África; afinal, consegui alguns avanços, mas não havia atingido os meus objetivos principais. Acabei a melhorar o meu francês e agora estava-me a sair razoavelmente bem nas relações sociais normais. Tive a impressão de que o dia da redenção final e dias melhores estavam no ar.

"O homem não tem trabalho árduo na terra e os seus dias não são como os dum mercenário? Como o escravo suspira por sua sombra e como o mercenário espera por seu salário, meses de ilusão e noites de tristeza foram atribuídos a mim".

Eu seria capaz de lidar com mais contrariedades? Toda a minha história recente parecia tão irreal, tão fictícia.

Durante aquele período de expectativa e frustração, alguém introduziu-me a um homem que declarava que a sua missão era ajudar os necessitados, e os emigrantes eram colocados em primeiro lugar.

Ele parecia sincero; vinha dum país africano, provavelmente da Nigéria, onde morava. Continuava a vir para os Camarões por vezes, supostamente para cumprir a sua missão. Era um orador habilidoso e convincente. Como muitas pessoas estavam atrás dele, pensei que ele estava a começar uma nova igreja.

É fácil para as pessoas necessitadas confiar em promessas facilitadoras quando não vêm outras opções.

Às vezes, até mesmo algumas palavras de conforto são um grande alívio; reacender uma esperança extinta, restaura as energias e a vontade de continuar a lutar.

A missão desse homem era injetar esperança em pessoas desesperadas. Isso era exatamente o que eu precisava. Senti haver conhecido a pessoa certa, um salvador, que faria o trabalho sujo de que eu precisava. Não tendo pensado outra solução, decidi encontrá-lo. Expliquei-lhe as minhas necessidades, e ele explicou que a situação era, se eu tivesse um 'passe internacional' com o qual pudesse ir e vir do Congo e de outros países vizinhos sem nenhum problema; a vantagem era que essa solução não afetava o meu passaporte normal nem a minha condição de refugiado. Era exatamente o que ele oferecia.

Parecia fácil demais para ser verdade, mas o desejo e a necessidade de ir para aquele país eram inadiáveis. Tive que tentar a sorte mais uma vez, esperando que funcionasse melhor do que das outras vezes.

O preço era de $1.000, não menos. A quantia era enorme, quase impensável. Ele apressou-se em dizer que não trabalhava com fins lucrativos, que eu lhe daria o dinheiro gradualmente e não precisava preocupar-me. Mesmo com dúvidas e hesitações, uma voz interior instava-me a aceitar.

Eu ouvi alguns clamores de que este homem estava realmente ajudando as pessoas. Ele era de alguma forma conhecido em Yaoundé por isso, seria confiável.

As pessoas o convidavam para ser hóspede deles. Em suma, ele parecia o enviado do Senhor. No entanto, se tudo fosse verdade, nada poderia provar isso.

O seu nome era Mr. Sosu, ou pelo menos era como ele se chamava. Segundo o Mr. Sosu, o meu passe internacional podia estar pronto no final do mês. Era um documento quase legal, não envolvia nenhuma fraude ou falsificação, teria todos os carimbos necessários, incluindo os carimbos de saída do meu país de origem e também o carimbo de entrada dos Camarões, exatamente como estava no meu passaporte original, que foi roubado. Perguntei-lhe como isso era possível e a sua resposta inflexível foi que o sistema era construído com a cumplicidade dos funcionários dos Ministérios que cuidariam das várias passagens e deviam ser pagos; para ele, sobravam apenas migalhas.

Com certeza não parecia um procedimento normal e duvidosamente legal.

Ele só precisava do requerente uma cópia dum documento de identidade e um adiantamento de $150; tudo devia ser colocado num envelope e entregue a ele no aeroporto numa data combinada.

Feitos os procedimentos exigidos, tudo correria bem até que o salvo-conduto fosse obtido, abrindo as portas para o mundo ao redor.

Honestamente, cheirava a trapaça, pensei instintivamente, com uma pontada no coração, mas concordei com o contrato.

O tão esperado final de mês chegou e o papel magico, infelizmente, não apareceu.

Comecei a ligar para o número que me dera, mas não houve resposta, ou, pior, a chamada era atendida pela atendedora de chamadas, com cobrança cara; essas ligações desperdiçaram muito do meu dinheiro. Mas eu não tive escolha e persisti até que finalmente o Mr. Sosu respondeu.

Não foi surpresa ouvir as suas desculpas com a besteira de sempre: conseguir aquele passe tinha se tornado um problema sério; ele ainda podia tentar forçar o problema com um pouco de dinheiro extra e assim por diante.

Foi exatamente a repetição do esquema do Mr. Dubois. Ao contrário de todas as boas histórias ouvidas no início, agora havia pessoas não exatamente entusiasmadas com os feitos do benfeitor charlatão. Alguém estava abertamente chamando-o de canalha que já havia enganado dezenas de pessoas.

Felizmente, em meados de abril, o Mr. Sosu estava em Yaoundé; ele não nos informou da sua chegada, como havia prometido. Porém, de alguma forma, ouvimos essa notícia. Fui procurá-lo e quando o conheci, imediatamente pedi o meu documento ou o meu dinheiro de volta.

Replicando o estilo do Mr. Dubois, o lugar onde ele recebia pessoas, estava cheio de gente com rostos que iam de preocupados a zangados. Mas cada um guardava a sua insatisfação dentro de sim, com a esperança secreta de que talvez houvesse boas notícias para ele.

Enfrentei-o por alguns minutos; ele disse-me que era melhor cancelar tudo e agir como se nunca tivéssemos nos visto ou nos conhecidos. A sua voz e comportamento eram frios e distantes, totalmente diferentes do primeiro encontro. Ele não acrescentou nada e não mostrou desejo de dizer mais nada. Eu sentia-me vazio, sem forças.

Embora eu sempre tenha tido um temperamento não violento, senti um forte desejo de jogar-me no filho da puta que brincava e ganhava dinheiro sujo com os infortúnios de outras pessoas. O equilíbrio não era neutro; gastei o dinheiro que tive que emprestar e vi-me novamente com um punhado de moscas.

No final, tive que reconhecer o meu frenesi imprudente e fazer a coisa mais óbvia: solicitar um visto pelos canais oficiais e correr o risco de perder o meu estatuto de refugiado. Mais tarde, eu pensaria na solução de quaisquer novos problemas emergentes.

A falta de perspicácia estupidamente fez-me perder

tempo e dinheiro em vez de seguir os métodos legais com os quais teria obtido, com algumas dicas, tanto o visto para o Congo como o visto de reentrada para os Camarões.

15. NOVO HORIZONTE COM NUVENS

Nada é mais perigoso do que uma ideia quando essa é a única que você tem.

A minha mira principal era conseguir o visto e ficava a investigar se havia alguma novidade no meu pedido, mas as respostas eram sempre vagas e burocráticas: os papéis estavam no Ministério e eu tinha que esperar.

A dúvida não me deixou, e atormentava-me, como eu poderia cruzar a fronteira para a abençoada entrevista.

A estrela da sorte brilhou no meu céu e consegui um visto normal de turista para entrar no Congo, sabendo que as oportunidades de retorno eram infinitesimais; no entanto, decidi ser hora de agir; não pude esperar mais, a expectativa era demasiado grande. Eclipsei o conflito entre a necessidade de agir e o medo do desconhecido.

Não tinha o mítico passe internacional; eu só tinha um passaporte normal com visto de turista e era disso que precisava naquele momento.

Cheguei à fronteira por volta do meio-dia. Cruzar uma fronteira é sempre uma aventura; na África, é ainda mais.

Vi os rostos espantados dos funcionários da alfândega ao verem o meu novo passaporte, com apenas um carimbo. Eles ouviram incrédulos as explicações que eu lhes dei, o que era pura verdade.

Como eles insistiam em não entender os meus motivos, fiquei nervoso. Tive de repetir várias vezes as passagens mais importantes, sobre o roubo do meu primeiro passaporte, sobre a minha condição de refugiado. Eles ficavam a perguntar por que um médico branco estaria em tal estado e passavam-se o passaporte de mão em mão, com zombarias mal disfarçadas.

Aprendera muito bem como pode ser contraproducente ficar nervoso ou com raiva, ou usar um tom de voz alto.

No final, ao ver o visto de entrada, deram-me sinal verde, não sem me lembrar que não tinha perspetiva de regressar porque não consegui obter um visto de reentrada nos Camarões.

Tudo o que eu precisava fazer agora era concordar com eles, para poder continuar a minha viagem. Dentro de mim, eu sabia estar numa estrada arriscada e desconhecida e não sabia aonde ela levar-me-ia.

As minhas orações ao Senhor e aos meus anjos da guarda aliviaram o estado de tensão.

Cruzei a fronteira a pé por deixar o meu carro com o meu companheiro, que me levou até a fronteira com os

Camarões, e depois voltaria para Yaoundé. A minha mente estava no hospital no Congo e não tinha espaço para pensar sobre as minhas intenções anteriores de vingança contra aquele preguiçoso infiel.

Os funcionários da alfândega olharam-me de maneira um tanto estranha; provavelmente não era comum ver um homem branco caminhando por ali. Havia muitos táxis e micro-ónibus nas fronteiras. Optei por um pequeno autocarro, que felizmente concordou em iniciar a viagem, embora ainda não estivesse lotado.

Com a ajuda de Deus, cheguei ao Congo. Eu senti-me um pouco como o povo de Israel que vagou pelo deserto, sem saber porquê. Para mim, a única coisa que importava era chegar e ir ao hospital em Sembé.

Já era tarde e precisava encontrar acomodação para pernoitar. Dormi numa espécie de hotel despretensioso, mas adequado para o meu bolso. Não tive grande necessidade a não ser descansar depois da viagem para recuperar as forças e recuperar a concentração para o dia seguinte no que, queria encontrar o diretor ou alguém da administração. Cedo de manhã fui pelo meu destino; dei uma olhada no hospital; o edifício parecia bem conservado; algumas partes estavam em reparo, outras em expansão. Dentro de mim, estava entusiasmado pensando no meu próximo futuro não tao longe.

Um vigilante acompanhou-me para o bloco administrativo, que era um prédio de vários andares, o mais antigo do complexo, de resto composto por edifícios separados por caminhos e jardins não muito cuidados. Uma passagem servia de sala de espera; sentei-me numa cadeira de plástico com os meus documentos nas mãos, pronto para exibi-los.

Senti estar de volta aos meus dias de universidade, logo antes dos exames. Na minha mente, sentia-me estar no tempo dos vinte anos, como se tudo ainda estivesse para começar. Eu queria desligar e borrar aquela fervura que havia destruído a minha vida.

Fui capaz de manter uma atitude positiva e orientada para um objetivo, em vez de sentir pena de mim mesmo ou amaldiçoar alguém, ou as circunstâncias. Aliviava o meu nervosismo batendo um dedo ou fazendo movimentos rítmicos e compulsivos com uma ou outra perna; o meu coração batia forte, a minha garganta estava seca e eu estava com uma leve dor de cabeça devido à tensão. Olhava para aquelas portas com a esperança ansiosa que se abrisse e alguém viesse na minha direção; finalmente aconteceu! Uma voz chamou o meu nome e disse-me para entrar.

Apresentei-me, dei o meu currículo, que acompanhei duma apresentação verbal. Contra a minha expectação, perguntaram-me como consegui essa interrupção na carreira. Expliquei o mais calmamente que pude, observando as reações nas expressões faciais e corporais dos meus interlocutores. O patrão parecia bastante profissional ou dotado por natureza, ou bem treinado, não apresentando nenhuma reação emocional.

Tudo estava bem: o currículo, minhas aspirações, minhas explicações; o meu passado não representava nenhum obstáculo para que eu trabalhasse naquele país, sem a necessidade de qualquer exame complementar ou investigações mais profundas.

Mesmo assim, havia um obstáculo devido a algumas mudanças e arranjos do governo que atuara alguns regulamentos estranhos para o recrutamento de trabalhadores estrangeiros.

Como a fantasia dos políticos não tem fronteiras, eles legislaram para criar cinco escritórios periféricos, um para cada continente, ligados às embaixadas, supostamente para facilitar a candidatura de aspirantes a trabalhar, evitando viagens inúteis e frustrantes aos Camarões.

Esses escritórios ficaram definitivamente encarregados de coletar os pedidos, examiná-los e aprová-los antes duma avaliação final.

No meu caso, teria de ir a um desses escritórios, sendo o mais próximo na Bélgica para a Europa, em

Bamako para a África.

Apelar para o senso comum aos burocratas africanos é pior que pensar em escalar o Evereste de sapatilhas de ténis. Tentar convencê-los é como jogar uma bola de borracha numa porta blindada.

Naquele momento, um portão de ferro caiu sobre o meu cérebro porque eu queria excluir-me do mundo.

Novamente, eu estava a sonhar ou na realidade? Senti-me encolher, deixei-me cair na cadeira, não consegui chorar simplesmente porque não era mais capaz. Gastei energia, dinheiro, esperanças e tudo acabou devido a um procedimento ilógico e sem sentido? A estupidez da burocracia provou não ter limites ou fronteiras.

Agora, como eu voltaria para os Camarões, sem visto? Eu também havia perdido o meu estatuto de refugiado. Começar uma nova vida como um vagabundo no Congo estava além de qualquer plano lógico.

Não, foi um sonho mau! Não era possível! Eu não aguentava mais; invoquei Deus para me deixar morrer naquele exato momento; não tinha mais forças nem desejo de continuar a lutar por nada. Se tinha que ser o fim, tinha que acabar agora. Eu não teria feito mais nada; eu ter-me-ia deixado morrer.

O diretor leu os meus pensamentos e veio falar comigo. Tenho certeza de que a minha cor desbotada o impressionou e provavelmente pensou que tivesse desmaiado.

Expliquei-lhe a minha história recente, as condições desumanas e os sacrifícios pelos quais havia passado; disse-lhe que a esperança nunca me abandonou até aquele momento, que era o objetivo pelo qual tudo havia suportado.

Ele foi muito gentil e compreensivo e sugeriu que eu tentasse ir diretamente ao Ministério para falar com algum funcionário; talvez alguém escutasse e concordasse em proceder da maneira antiga, considerando as circunstâncias. Além disso, a minha candidatura fora enviada com meses de antecedência, muito antes da entrada em vigor do novo regulamento. Ele mesmo escreveu uma carta introdutória explicando que eu havia passado na entrevista e que o hospital esperava para eu começar a trabalhar.

Eu iria o dia seguinte ao Ministério para seguir o seu conselho. No entanto, caminhei em direção ao hotel, sentindo-me completamente entediado; não conseguia ver as pessoas pelas quais passava; não sei como consegui atravessar as ruas. Eu não queria pensar, beber ou comer, o meu cérebro e estômago estavam presos.

A noite foi uma sucessão de sonhos maus e pesadelos. De manhã cedo, exausto, acordei cedo para ir ao meu compromisso improvisado.

Tive sorte e encontrei alguém pronto para me receber, ouviu a minha história, mas só consegui ouvir o que já sabia: o novo procedimento já estava em vigor e eu teria que ir a uma das agências.

Perguntei por que eles não haviam criado uma agência no Congo e eles responderam, estar a experimentar um novo processo, apontando que o governo estava cansado das multidões de migrantes sem documentos à procura de trabalho e não apreciava ter pessoas errantes no país antes de eles ter contratos regulares. O governo havia criado propositadamente escritórios externos para evitar mais frustrações para os candidatos a emprego e isso era tudo.

Eu estava a pensar em subornar, prometer dinheiro, mas não me deu tempo e dispensou-me.

Em choque total, saí de Sembé com os meus sonhos caídos em pedaços.

Passei pela alfândega do Congo sem obstáculos e depois tive que enfrentar a Polícia dos Camarões com a sensação de que não tinha nada a perder, independentemente do que acontecesse no meu caminho; eu esperava sinceramente que um oficial atirasse para mim.

Argumentei com disputas inúteis, dizendo que me foi dito que não precisaria dum visto de reentrada, o que obviamente não funcionou. Felizmente, nenhum dos policiais no momento da minha entrada, alguns dias antes, estava lá. Mas eu insisti, fiz-me de bobo, disse estar desesperado porque não tinha outra opção a não ser voltar para os Camarões.

Os funcionários foram incrivelmente pacientes, mas inflexíveis; eles consultaram-se; fizeram-me esperar. Eles mostraram-me um texto sublinhado afirmando que eu precisava dum visto de reentrada; lamentavam, mas não havia nada que pudessem fazer.

Perguntei quais alternativas eu tinha. Um pouco provocantemente, perguntei se algum deles estaria disposto a hospedar-me. Disseram-me que tinha de ir às autoridades consulares de Brazzaville.

Onde conseguir dinheiro para concluir esses procedimentos? Se houvesse, teria tentado o suborno, que era muito comum e eficaz na África. O problema era que fiquei com alguns centavos no bolso.

Eu esperava que o meu cérebro fosse capaz de comandar o meu coração para parar de bater, *por favor, pare de bater*, porque não havia sentido em viver mais.

Eles viram-me chateado, suando e fora de mim. O comandante disse-me que entraria em contacto com alguém em Yaoundé para pedir conselhos. Mas, infelizmente, já era noite e não havia oportunidade de encontrar ninguém no escritório até a manhã seguinte.

118

Eu disse que esperaria no banco até de manhã. Naquele momento, por compaixão ou por não ficar a vigiar-me a noite toda, resolveram conceder-me um visto de três dias, como se o meu propósito fosse fazer umas compras rápidas. Repetiram que este era o prazo legal para eu ficar nos Camarões e então, como já sabia, não tinha mais o estatuto de refugiado.

Após sonhar que a vida mudaria para melhor, que eu voltaria à minha profissão de médico, após acalentar uma nova vida de normalidade, voltei à estaca zero. Eu voltaria a ser um migrante irregular sem nenhuma ideia de como seria o meu futuro.

16. QUANDO O TEMPO É PRECIOSO

Aqueles que pensam que os momentos de mudança são confortáveis e sem conflitos não aprenderam nada na sua vida.

Eu tinha um visto de três dias, dois dos quais eram fim de semana, com escritórios públicos fechados, o que significava ter 24 horas para encontrar uma nova base legal se quisesse sobreviver.

Passei um fim de semana terrível com mil pensamentos, nervosismo, ideias autodestrutivas. Além disso, não conseguia mais ver nenhuma luz brilhando. Nada podia despertar a minha natureza, o meu espírito positivo enquanto na minha cabeça, o filme do dia no Congo continuava indefinidamente. Eu teria tido segunda-feira para encontrar uma solução, caso contrário, teria voltado à ilegalidade, ao encobrimento, com todas as suas consequências. Precisava urgentemente de algum conselho legal, genuíno e considerável.

Depois de muito tempo, por necessidade, contactei Claire, que ficou feliz em ouvir de mim novamente; expliquei resumidamente com poucos detalhes e ela deu-me o número de telefone duma advogada que havia trabalhado no Ministério do Interior, agora aposentada.

Entrei imediatamente em contacto com ela que concordou em dar-me alguns conselhos, embora fosse domingo; ela dispôs-se a receber-me e orientou-me até o lugar onde morava, numa área totalmente desconhecida para mim. Consegui encontrar a localidade sem grande dificuldade.

Conheci uma senhora no início do outono da sua vida, bem arrumada sem excessos, muito educada, gentil e disposta a prestar atenção ao interlocutor. Ela ouviu toda a minha história e disse que poder-me-ia dar algumas respostas, nem todas positivas; as minhas oportunidades estavam penduradas por um fio.

Ela sugeriu que eu comprasse uma passagem aérea válida por seis meses para qualquer destino europeu e com esse bilhete solicitasse uma prorrogação do meu visto breve atual, sendo o bilhete uma garantia das minhas intenções de deixar o país. Não era honestamente persuadida de que funcionaria e acrescentou, como se eu precisasse, que havia perdido algo importante com o meu estatuto de refugiado.

Isso era tudo, ela não poderia formular de outra forma. Ela foi sucinta, mas pelo menos foi direta e honesta, e recusou qualquer compensação em troca. Talvez não fosse coincidência que houvesse fotos de santos penduradas nas paredes da sua casa.

A fatídica segunda-feira chegou. Comprei uma passagem, escolhendo Moscovo como destino, escolhendo a Aeroflot, a empresa em ruínas e mais perigosa, porém mais barata e com maior escolha de destinos.

Depois fui ao Ministério do Interior e essa foi a parte mais difícil e provavelmente a mais perigosa porque teriam visto que aquele era o meu último dia de legalidade.

Após o imperdível vem e vai de escritório em escritório, dum andar ao outro, fui recebido por um oficial que me ouviu, conferiu o meu passaporte e visto. Ele pensou por um momento e disse-me precisar consultar um superior e aconselhou-me parta esperar numa cadeira no corredor. Naquele momento, os meus pensamentos iam desde a origem do mundo até o seu fim, o que combinava com a minha história.

O meu passaporte estava fora das minhas mãos pela enésima vez, e eu sabia o quanto era importante não deixá-lo fora da minha vista. Eu sentia-me como um animal enjaulado antes do abate. A espera não durou muito antes que o oficial chamasse-me novamente no seu escritório.

Entrei e sentei na frente dele e senti que estava a tremer. O homem estava meio coberto pelo computador, para o qual lançava olhares rítmicos. No ecrã estava provavelmente toda a minha história em Yaoundé: chegada, passaporte perdido, refugiado, viagem ao Congo. Tive a sensação de que o meu tempo havia acabado, como Jesus no Monte Getsémani. Tudo foi feito.

Senti muita dor, a minha cabeça girava, não conseguia formular um pensamento simples com lógica. O funcionário não demorou muito: com o meu passaporte na mão, disse que a sua máxima ajuda era fazer uma extensão do meu visto para uma semana mais e depois eu deveria deixar o país. Entretanto, começou a escrever algo quando de repente o seu rosto mudou, levantou-se e saiu da sala. Ele largou e deixou o meu passaporte e o bilhete aéreo sobre a mesa. Tive a sensação de que as coisas estavam a ir mal. Instintivamente, sem raciocinar, levantei-me, peguei o meu passaporte e passagem, e saí, tentando não ser notado. Nem me atrevi a pensar nas complicações ou consequências se fosse bloqueado. O prédio dentro era como uma prisão, com portas e portões sendo abertos e fechados. O meu anjo da guarda os havia preparado abertos para mim, como pelos apóstolos quando foram presos:

"… Um anjo apareceu na prisão e acordou o prisioneiro (Pedro), que obedecia às suas ordens como se estivesse num sonho, acordando apenas quando estava fora da prisão".

Passei pelos corredores o mais rápido possível sem correr. Cheguei ao meu carro e sem olhar para trás, com medo de ver alguém me perseguindo, liguei o carro, literalmente conduzi como numa corrida e cheguei em casa. Rezei para que não guardassem o meu endereço residencial em lugar nenhum. Quando cheguei em casa, fechei as portas e janelas, fechei as cortinas e deitei, quase sustendo o respiro sem conseguir pensar. Eu sentia-me exausto, vazio, catalético. A minha mente, e também o meu corpo pareciam incapazes de reagir.

17. SEGUNDA OPORTUNIDADE

Pessoas que estão angustiadas por algum motivo, às vezes preferem um problema que é familiar a elas em vez duma solução que não é de todo familiar.

Como se estivesse num jogo, tudo havia sido reiniciado, apagado, desenraizado. Três anos passaram-se em vão. Eu estava mais uma vez escondido.

O refrão na minha cabeça era exatamente: "As coisas que você mais teme acontecem; as coisas que você mais deseja nunca acontecem".

O jogo havia assumido formas para as quais não havia mais um adjetivo apropriado. A realidade parecia ser feita de bolhas de sabão que se quebravam assim que as tocavam.

Eu não podia mais orar ou jurar, e senti-me envolto num branco imaterial absoluto.

Eu teria perdido o meu lugar no hospital assim que verificassem os meus papéis, por qualquer motivo, porque não os tinha mais em ordem. Então, na primeira verificação, eu teria sido mandado embora.

Depois de três anos, estaria de volta sem nenhuma fonte de sustento, incapaz de pagar a renda e provavelmente também expulso de casa; teria que jejuar de novo com pão e água; teria que desistir do carro e permanecer imóvel e indefeso. Não tive oportunidade nem vontade de ir para outro lado, com a certeza de que teria de repetir os mesmos eventos, em vão: bolhas!

Não tinha mais energia, nem física, nem mental, nem moral. Eu sentia haver esgotado todos os meus vigores e não tinha mais motivação para continuar.

Por alguns dias, foi muito problemático para mim, ir trabalhar porque não tinha força física e mental; custava encontrar concentração para não cometer erros que teriam piorado a minha já precária posição.

Não durou muito porque algumas semanas depois o diretor revisitou os meus documentos, dando-se conta das falhas e demitiu-me, com a promessa de aceitar-me de volta assim que recuperasse o meu estatuto legal. Pelo menos com palavras ele foi muito encorajador e disse lamentar muito perder um trabalhador como eu.

Foi uma desgraça e um alívio em simultâneo, devido ao meu estado de espírito na altura.

Voltei a um mundo muito conhecido: ocioso em casa, trancado no escuro para não ver ninguém. Se alguém batia na porta, eu não respondia; não atendia o telefone. Eu estava deitado na cama e olhava para o teto; contemplava o vazio e sentia um cérebro vazio. Eu estava fracassado; estava sentado num imenso mar de névoa, sozinho. Fiquei horrorizado com esse cobertor que me cercava, denso e pesado, mas o senti protetor em simultâneo.

As memórias assumiram a forma de silhuetas que vagavam por lá. Um tempo imemorável havia passado, mas um traço de conexão permaneceu com o que se foi; a lembrança do que eu havia sido, voltou a doer na minha mente, mil e mil vezes.

"Então a escuridão irromperá novamente na minha memória, onde eu ouviria o gemido do vento e então tudo ficaria em silêncio novamente, silencioso, vigilante e ameaçador".

Eu era mas uma sombra do meu antigo eu. O último vestígio de racionalidade cruelmente almejava em busca duma nova luz.

"O desejo rasgou a minha carne, eu precisava apenas duma nova luz, mas ela negou-se".

Estava num verdadeiro tormento, sofria um castigo infligido por Aquele que eu amava mais do que qualquer outro, como se Ele quisesse ser odiado; Deus que me mostrou misericórdia e piedade e poupou-me dum fim trágico, estava-me a infligir o golpe mais cruel.

Esses eram os pensamentos caóticos e sombrios que ocupavam a minha mente e preenchiam os meus dias vazios. Não tinha vontade de sair e até esquecia de comer, então o meu corpo enfraqueceu novamente.

Como já havia demonstrado amplamente, o meu camarada não demonstrou sensibilidade, mas foi um estorvo económico e moral adicional. Devido às minhas dificuldades financeiras e a sua atitude nojenta, vendi o carro, deixando que ele cuidasse dos seus problemas.

Esse inferno durou umas semanas, depois do que, uma pequena luz se acendeu para me dizer que ou eu tinha coragem para acabar com tudo, ou tinha que reagir de qualquer maneira.

"Descanso em Deus. Destemidamente, este pensamento irá levá-lo através de tempestades e conflitos, passado de miséria e tristeza, passado de perda e morte, em direção à certeza de Deus. Não há sofrimento que não possa curar. Não há problema que ele não possa resolver, e nenhuma aparência não será transformada em verdade diante dos olhos de vocês que repousam em Deus".

Tive que voltar a usar a minha mente, necessitava que procurar uma solução, precisava descobrir e trilhar outro caminho.

Não tinha documentos regulares para procurar emprego, nem dinheiro para me deslocar pela cidade ou para fazer umas compras.

A minha estrada parecia não existir, ainda não havia

sido construída, como poderia encontrá-la?

Lembrei-me que, quando era menino, havia aprendido a pintar pratos na paróquia depois das aulas. Fui ao mercado de pulgas e comprei alguns pratos e tintas. Decorei-os e decidi vendê-los. O mercado de pulgas só estava aberto nos fins de semana. Aluguei o meu espaço e coloquei as minhas mercadorias em exposição. Vendi alguns deles e arranjei algum dinheiro para cobrir o custo dos materiais e sobreviver por alguns dias.

As pessoas estavam mais interessadas em bijutarias ou vestidos do que em itens de enfeite para a casa. Eu também tinha medo de exibir-me num local público onde pudesse atrair a atenção da polícia.

Querendo outra oportunidade, experimentei outra feirinha local, mas o resultado foi o mesmo. Alguns funcionários do hospital passaram e reconheceram-me; eu vi os seus olhares não muito amigáveis, mas alguém comprou algo da minha arte. Essa experiência também não rendeu muitos frutos, então fechei-a.

Coloquei os meus pratos no meu apartamento e ficaram como uma lembrança daquele período da minha vida e os carregaria com ciúme em todos os meus movimentos próximos. Anos depois, alguém pediu-me para comprar aqueles pratos, mas recusei a vendê-los; eles tornaram-se um símbolo e uma herança da minha luta de libertação, então acabaram sendo dum valor inestimável.

18. REPETIR NÃO FAZ NENHUM DANO

O homem que nunca muda de opinião é como água
estagnada e cria répteis na sua mente.

Depois que a escuridão mais profunda passou, lentamente recuperei a minha atitude positiva e o meu pensamento auspicioso. Tive que descobrir qual direção tomar. A base era recuperar o estatuto legal. Visto que já tive sucesso uma vez, por que não tentar novamente solicitando o estatuto de refugiado? Não tinha nada a perder.

Claire, repentinamente iluminada pelos anjos, tornou-se mais amigável e solidária e continuou a exibir os seus contactos, indicando-me uma senhora europeia que trabalhava para uma embaixada; consegui entrar em contacto com ela e perguntei-lhe se me pudesse ajudar. Ela ficou feliz em fazer isso, mas deixou claro que não gostava de prometer nada; ela não estava acostumada a dar ilusões às pessoas ou vender fumaça. Ouviu com atenção e interesse a minha história e provavelmente pensou ser um romance, mas ela mostrou-me muita simpatia. No final, ela torceu o nariz e ficou muito duvidosa e inquieta porque o seu rosto estava abertamente à mostra; ela disse-me francamente que não via muitas saídas. Ainda destacando o caráter dum desafio extremo, ela disse-me que restauraria o meu estatuto de refugiado; ela precisava de alguns documentos antigos e algum dinheiro para a papelada, nada excessivo. Tudo me parecia muito razoável e, mais importante, a senhora parecia credível e profissional: poucas promessas e precisas. No momento, ela não queria nenhuma compensação; ela só o receberia após a conclusão do trabalho, se fosse bem-sucedido. Para ser mais segura e precisa, ela teria se voltado discretamente para alguém que conhecia e o teria feito o mais rápido possível.

Obviamente, concordei com as suas propostas e dei-lhe os documentos que tinha disponíveis.

A partir do dia seguinte, esperei ansiosamente pela ligação dela e continuei a olhar nervosamente para o telefone, como se o toque fosse se materializar. Alguns dias passaram e o telefone não tocava.

Aquele dia chegava ao fim, não resisti e liguei para ela. A resposta foi educada e maravilhosa, do tipo que derrete uma pessoa: ela havia-me conseguido o estatuto de refugiado por três meses, segundo o procedimento padrão.

Relaxei tanto que tive que sentar; descongelei o meu corpo no suor. O passado recente vaporizou-se e se dissolveu no ar. Eu poderia procurar um emprego novamente especialmente agora que estava mais familiarizado com o sistema e o idioma.

Joguei-me de cabeça nos anúncios de jornal e

comecei a enviar pedidos em todas as direções novamente.

Poucos dias depois, fui chamado por uma agência que oferecia uma posição para assistir um homem de meia-idade com esclerose múltipla. Ele pertencia a uma rica família local e havia ocupado alguns cargos importantes na administração pública do país. A terrível doença o pegou de surpresa e desenvolveu-se rapidamente, sem que nem a medicina ocidental, nem a tradicional pudesse fazer muito para aliviar a sua condição.

Para a família, era difícil encontrar pessoas que aceitassem esse trabalho, e as que aceitaram deixaram depois dum tempo breve.

Em saber que era médico, a família considerou que eu tinha as qualidades certas, fosse qual fosse o motivo pelo qual estava desempregado. Eles viram o meu currículo e estavam muito interessados em receber-me. Se eu aceitasse, encontraria a família para discutir as condições nos detalhes.

Sem hesitar, aceitei de bom grado a ideia e corri para encontrar a agência que me forneceu informações sobre a família.

Marquei uma reunião e conheci uma das filhas do homem; ela era mais jovem do que eu; tinha boas maneiras; ilustrou-me bem os problemas do seu pai e o que eles esperavam de mim.

Além da doença neurológica, o seu pai tinha muitos problemas médicos, como diabetes, problemas cardíacos, hipertensão e, provavelmente, Alzheimer no seu início, então a situação precisava ser tratada para muitos cuidados por pessoas competentes; certamente seria mais fácil para um profissional como eu.

Essa filha mostrou abertamente a sua satisfação e revelou se sentir sortuda por encontrar um médico disposto a fazer esse trabalho nas condições acordadas.

Ela disse-me francamente que a tarefa era onerosa porque o seu pai também desenvolvera graves problemas de confusão mental, portanto, ele não podia ficar fora de vista, pois poderia facilmente se machucar.

Enquanto pela manhã um membro da família cuidava, o meu turno era principalmente à tarde, cuidando da sua alimentação, higiene pessoal, habilidades motoras, rever medicamentos; eles ficariam felizes se eu pudesse acompanhá-lo para umas caminhadas curtas, pois ele ainda tinha uma mobilidade discreta, sob supervisão.

O salário proposto era parecido com o que recebia no hospital, mas a jornada de trabalho era menor. Eu trabalharia desde o início da tarde até a noite; estava livre nas manhãs, fins de semana e feriados. A filha não escondeu algumas palavras de incentivo para eu aceitar, prometendo também uma revisão salarial se tudo corresse bem.

Sem dúvida gostei da oferta, então combinamos, e começaria dois dias depois, no início da semana.

Mais uma vez tive que enfrentar o problema do carro.

Eu havia vendido o meu carro nos dias tempestuosos pós-Congo e não tinha mais condições de comprá-lo.

A sorte foi amiga e a busca não demorou muito porque descobri que quem comprou o meu Peugeot decidiu revendê-lo; incrível, mas verdadeiro! Os documentos ainda estavam no meu nome, não foram alterados. Eu estava bem ciente do preço pelo qual o havia vendido, então comprei de volta por algo menos (agora era a décima mão). Eu podia sentir-me, após tanto tempo de tensão, leve e relaxado.

No final do dia, eu tinha os meus documentos legais, um trabalho, um carro e a minha companheira Esperança ao meu lado novamente.

19. HORIZONTES SERENOS

Mudar nem sempre é o mesmo que melhorar, mas para melhorar você tem que mudar. Winston Churchill.

O novo trabalho era atraente. Tinha todas as manhãs livres, as quais dedicava a várias coisas, inclusive continuar a aprender a língua e rever algum livro de medicina, comprado aqui e ali. Continuei a enviar pedidos como médico, mas não mais para o odioso Congo.

O telefone tocou em meados de agosto, precisamente para mim, crente, no dia 15, dia da Assunção da nossa Senhora. A voz do outro lado era a dum homem que falava francês, com um sotaque que eu entendia muito bem, e disse que estava a ligar da Bélgica, que era recrutador de médicos, que já viu o meu currículo; eu não sabia por qual rota ele havia-o conseguido, mas não era importante. Ele perguntou-me se eu ainda tinha interesse em trabalhar no Congo. Ele viria para Yaoundé em dois ou três dias no máximo e poderíamos entrar em contacto.

Ele incentivou-me naquele curto intervalo a pensar sobre a proposta; se eu aceitasse, ele arranjaria para eu ser entrevistado para um cargo de médico num hospital no Congo.

Fiquei sem palavras. Havia decidido para cortar

todos os vínculos com o Congo! Veio tão de repente; era como se uma estrela tivesse caído do céu. Poucos dias antes, no dia dez de agosto, eu lembrava-me das estrelas cadentes e saí para olhar o céu; eu vi algumas pequenas luzes se movendo, não sabia se eram estrelas ou aviões, mas expressei o meu desejo de voltar à minha vida de médico. Para falar a verdade, eu acreditava mais em orações do que em rituais supersticiosos.

Estava animado e confuso; as minhas experiências recentes no Congo e a deceção que sofri vieram como nuvens sobre mim.

Seria esta uma oportunidade verdadeiramente nova ou um novo fracasso? Não conseguia mais acreditar em nada nem em ninguém. Não me sentia psicologicamente pronto para repetir algumas experiências más. Na verdade, para minha surpresa, não me preocupei em obter o nome e o telefone do homem. Foi uma chamada do céu ou do inferno? Encontrei-me sentado em frente ao telefone e não sabia porquê; também perguntei-me se era uma alucinação.

Bem ciente dos meus movimentos arriscados anteriores, eu não teria dado nenhum passo sozinho; ia contar com a manobra do interlocutor, que devia demonstrar as suas boas intenções e a sua boa vontade. Tudo o que pude fazer, foi esperar e acompanhar os acontecimentos.

A bola voltava para o centro; pedi a Deus para ser o centro-avante e aos Anjos os defensores implacáveis do jogo. Esperei pela ligação com sentimentos confusos.

Depois de três dias, o homem foi fiel à sua promessa e chamou-me.

Era uma sexta-feira, ele convidou-me para encontrá-lo no hotel onde ele havia se instalado; combinamos a hora e ele recomendou que levasse os meus documentos na minha posse. O hotel era um dos mais famosos de Yaoundé e ficava bem longe da minha área; eu nunca estive naquela parte da cidade. Rapidamente preparei os meus documentos.

Percebi que não tinha roupa decente, dado o lugar para aonde devia ir; tive que me arrumar com roupas aceitáveis. Sabia que nas entrevistas, a apresentação física e a aparência desempenham um papel importante.

Encontrei o hotel que tinha um estacionamento subterrâneo que parecia uma vitrine dos melhores modelos e marcas de carros mais famosos. Os rostos dos guardas do estacionamento falaram sem eles abrirem a boca quando viram o meu carro, mas eu não poderia importar-me menos. Eles provavelmente tinham carros piores ou nenhum.

"Não me interesso por falsificadores e aparências

existenciais; escolho o conteúdo em todas as suas expressões. Interesso-me pela verdade simples; lido com a realidade".

Tive que concentrar no que estava acontecendo e que poderia ser a data mais importante da minha vida.

Perguntei na receção para o meu Monsieur; o seu nome era Mr. René; disseram-me que ele estava à minha espera no seu quarto n.º XX. Um mordomo acompanhou-me. Prendi a respiração por alguns segundos e depois bati. Ele abriu a porta e apresentámo-nos. O Mr. René não perdeu tempo e foi direto ao ponto com perguntas diretas; ele tinha mais entrevistas para fazer antes da noite. Olhou os meus papéis; era muito profissional e relaxado; deu-me a impressão de estar satisfeito com o meu currículo, que já examinara na Bélgica, e não ficou chocado com a minha história. Mandou tirar cópias dos meus documentos: iria levá-los à Bélgica para os preparativos finais.

Explicou-me o procedimento: já estávamos na conclusão da corrida; essa era uma última etapa da seleção; seriam escolhidos apenas alguns candidatos, e estes (pré-selecionados) teriam então a entrevista final e decisiva num escritório do Ministério no Congo, numa data que não poderia estar longe.

Isso gerou um pouco de confusão em mim: eles disseram-me que estavam a fazer a seleção nos escritórios periféricos no exterior... Incrível África!

Deu-me o seu cartão de visita e cumprimentou-me cordialmente. Tive a nítida impressão de que finalmente havia tido um encontro profissional sério, muito distante das más experiências, e senti-me esperançoso.

Percebi estar de volta aos bons velhos tempos, quando as pessoas se interessavam por minha educação, meu conhecimento, minha experiência. Foi um dos melhores dias da minha vida, quase igual ao dia da formatura.

O tempo não estava longe e eu tinha que me preparar para a entrevista crucial. No dia seguinte, comprei um livro de medicina para aprofundar a terminologia médica em francês. Eu não poderia falhar.

"Esqueça os erros do passado. Esqueça as falhas. Esqueça tudo, exceto o que tem que fazer agora e o faça!"

20. ESSE VISTO DE NOVO

Uma árvore cujo tronco você mal consegue abraçar nasce de um pequeno broto. Uma torre de nove andares começa com um monte de terra. Uma longa jornada de mil milhas começa com o movimento de um pé. Lao Ttse

Os dias passaram, um após o outro, e aguardei ansiosamente o telefonema. Era o ciclo normal: tensão, nervosismo, pensamentos sobrepostos, previsões sombrias e medos.

Ao mesmo tempo, continuei o meu trabalho, que prosperava, mantendo os meus dias ocupados, enchendo os meus bolsos com o dinheiro necessário e afastando-me dos meus pensamentos.

Cerca dum mês depois, não pude resistir e liguei para o Mr. René. Após algumas tentativas de chamada, pude contactá-lo e ele disse-me que tinha uma boa notícia para mim: a minha candidatura havia sido totalmente aprovada. Agora eu deveria ter recebido o telefonema do Ministério do Congo para a entrevista. Ele, no que lhe concernia, encaminhara tudo da Bélgica com uma carta de apoio. Ele desejou-me boa sorte com uma voz sincera.

Enquanto isso, o meu estatuto de refugiado estava prestes a expirar e eu teria que estendê-lo. Correram boatos de que os funcionários haviam se tornado mais seletivos e rígidos, e muitos não tiveram as suas licenças renovadas, o que poderia ter acontecido comigo também. Eu estava a morrer de medo. Ao mesmo tempo, não me importava muito se, e somente se, a nova aventura no Congo teria começada.

Para ser justo, eu havia tirado alguns dias do trabalho e avisado da minha intenção de ir embora. Isso resultou em muita tristeza na família que era muito satisfeita com o meu trabalho. Tinham-me oferecido um bom aumento de salário se eu ficasse. Eu também sentia muito porque gostava muito daquele ambiente tão acolhedor e inclusivo, embora isso entrava em conflito com as minhas aspirações atuais.

O telefonema do Congo tornou-se ainda mais urgente porque eu tinha uma espécie de ultimato pendente para a minha residência nos Camarões.

A essa altura, estava em condições de tentar obter uma autorização de residência permanente naquele país que, embora pouco acolhedor, me deu a oportunidade de passar cerca de três anos em dificuldades, sem criar muitos problemas. Mas agora eu via um destino mais atraente e mais próximo no país vizinho.

Finalmente recebi um telefonema dum funcionário do Ministério congolês no que especificou que deveria encontrar um comité em Senafé para a entrevista final dentro de alguns dias.

Se antes estava ansioso com a ligação, agora estava apreensivo com o pouco tempo disponível e todas as coisas que faltavam: precisava dum visto, possivelmente duma autorização de trabalho, para não falar que precisava dum visto de regresso nos Camarões, bem lembrando-me da vez anterior.

A coisa mais urgente era o visto para entrar no Congo e tinha praticamente apenas alguns dias para obtê-lo, porque, desnecessário dizer, um fim de semana estava próximo. Felizmente, havia conhecido um colega, que encontrei num escritório, que, com aspirações similares, também estava a preparar-se para a entrevista no Congo. Concordamos em viajar juntos para dividir as despesas de viagem, a acomodação, as aspirações e ansiedades comuns.

Eu precisava da carta-convite do ministério congolês para solicitar o visto, então telefonei para pedir e expliquei a prioridade. A secretária respondeu que enviaria o formulário por fax o mais rápido possível. Eram 8:30 da manhã. Pensando que se tratava de minutos, telefonei para o Consulado congolês e marquei o apontamento para o visto, que me foi concedido às catorze do mesmo dia.

As horas passaram e o fax não chegou. Liguei novamente para a secretária do Ministério e a sua resposta foi um tanto irritada, dizendo que ela tinha muitas coisas para fazer e que eram todas urgentes e ela não era um polvo com mil mãos. Tive que esperar e aceitar que a minha visita no consulado era perdida.

O fax chegou no início da tarde. O dia estava quase acabando e estávamos a entrar no fim de semana. Eu só conseguiria obter o meu visto na segunda-feira se não houvesse novos obstáculos, e eu teria que estar no Congo na terça-feira.

Adiei apressadamente a consulta para segunda-feira no consulado. Liguei para o meu colega para informá-lo dos contratempos e sugeri ser melhor ele ter saído mais cedo para não correr riscos. Ele estaria a esperar por mim na alfândega se tudo corresse bem. Nesse intervalo, ele também poderia aproveitar para reservar o lugar da nossa estadia.

Na segunda-feira, cheguei ao consulado na hora, com o meu fax e todos os documentos de que pudesse precisar. A entrevista com o cônsul correu bem. O seu rosto era familiar e relaxado. Contei-lhe a minha história resumidamente, e vi-o como um funcionário sincero, simpático e pronto para me favorecer. Ele queria que eu fosse aprovado na entrevista e afirmava que ficaria feliz se conseguisse uma vaga no seu país e encarregou um oficial para terminar o processo do visto.

Este oficial pegou e olhou o meu passaporte, os

meus papéis de refugiado e foi aí que começaram os problemas, como podia não acontecer?

O meu estatuto expirava numa semana, então ele disse-me que eu não poderia obter nenhum visto a menos que renovasse o meu estatuto legal nos Camarões.

Isso era absurdo e contraditório porque eu ainda tinha a validade duma semana como refugiado e teria perdido o estatuto de refugiado de qualquer maneira apenas por cruzar legalmente uma fronteira. O risco era meu, não do país de destino. As minhas explicações foram inúteis; não ajudou que o cônsul já o tivesse visto e não tivesse feito objeções.

A resposta foi que, sem uma extensão do meu estatuto de refugiado nos Camarões, eu não poderia obter um visto para o Congo. Era segunda-feira, já no final da manhã, tinha que tirar o visto e começar a viagem, senão tudo desmoronaria. Lá eu estava a perder o meu tempo; parecia ter se tornado uma questão de princípio para aquele oficial rude, teimoso e arrogante.

Saí do consulado e liguei para a senhora que já me havia ajudado. Ela marcou uma consulta imediata para mim fora do Ministério. Encontrei-a e fomos juntos ao escritório de alguém que era amigo dela. Ela foi muito atenciosa e eficiente; preencheu toda a papelada necessária para solicitar uma extensão do meu estatuto. Cada segundo contava. O consulado fecharia às quinze e trinta. No Ministério não perdi tempo e a minha candidatura foi apresentada em tempo recorde e num tempo sem precedentes, recebi a prorrogação do meu estatuto por mais três meses. Penso que nunca em toda a África um documento foi processado e concluído tão rapidamente.

Nunca saberei porque aquela senhora foi tão prestativa e eficiente; certamente já a coloquei num altar, porque só quem trabalha com o coração pode fazer o que ela fez por mim.

Durante anos, nada poderia ser normal para mim; tudo sempre tinha que passar pela fase problemática, chegar ao ponto de rutura e ter a solução milagrosa.

Do meu arquivo de memórias, o esquema filosófico do marxismo surgiu à minha mente: tese, antítese e síntese. A minha história prosseguia com o mesmo esquema.

Peguei o meu documento assinado e corri para o consulado. Outro milagre tornou-se realidade; eu agora vivia de milagres, essa era a minha normalidade.

O trânsito estava pesado naquela hora, mas consegui chegar antes do horário de fechamento. Eu vi o mesmo funcionário e entreguei-lhe os meus documentos, ignorando as suas sugestões para ficar calmo, para esperar e mais (da boca dum cínico estúpido o que mais poderia vir senão tolices?)

Ele não podia acreditar nos seus olhos. Ele olhou-me com uma expressão questionadora e desconfiada, quase aborrecido, sem dúvida pensando que eu havia subornado pesadamente alguém que fez aquele trabalho naquela velocidade irreal. Não desistiu e perguntou-me se eu havia pensado nas consequências caso eu não passasse na entrevista.

Respondi que, com a ajuda de Deus, ficaria bem, mas a minha resposta por dentro foi bem diferente. Da minha parte, estava disposto a mover céus e terra para terminar o meu êxodo. Mas com a cabeça fria e como um típico funcionário público, ele parecia preocupado que eu não pudesse voltar se falhasse e teria que ficar como um migrante irregular no Congo. Isso não o agradava. O meu sarcasmo, que começava a transbordar por estar velado, foi inútil, pois eu lhe disse que eu também não teria gostado ou aceito viver como um migrante sem documentos no seu 'lindo país'.

Ele continuou a balbuciar tolices como se estivesse a proteger as fronteiras do seu país. Disse-lhe que não ficaria mais um dia, que não tinha interesse em ficar num país sem emprego, mas que embarcaria para a Europa no mesmo dia e mostrei a passagem para Moscovo. Ele parecia incrédulo, mas a passagem estava lá diante dos seus olhos e isso pôs fim às suas dúvidas e escrúpulos. Talvez ele não tenha percebido que a partida era de Yaoundé e não de Brazzaville.

Finalmente consegui o meu tão esperado visto.

Eu tinha que correr para casa, pegar as minhas coisas e começar a viagem até a terra prometida.

Já eram dezasseis e trinta; deveria estar no Congo possivelmente na manhã seguinte. Olhei para o meu apartamento: sabia que seria a última vez que pisaria nele e estava a me afastar. Passei os anos mais dramáticos da minha vida lá. Despedi-me do meu companheiro a quem entreguei todas as responsabilidades, incluindo o pagamento da renda; não havia necessidade nem desejo de abraçá-lo. Foi um simples adeus. Senti um nó na garganta, mas, em simultâneo, estava animado e ansioso para partir para uma nova vida; teria morrido em vez de voltar.

21.TERRA PROMETIDA

Uma coisa sempre parece impossível até que seja feita. Nelson Mandela.

Tive que repetir o meu itinerário até a fronteira. No caminho, passei por uma pequena igreja ortodoxa e, apesar da dilação, parei. Era uma igrejinha simples; eu vi a data da construção que era bastante velha, mas não antiga; havia uma inscrição curta dizendo que foi construída por uma comunidade de imigrantes gregos que vieram durante os grandes conflitos europeus.

Entrar numa igreja sempre era reconfortante e acalmava o meu desconforto; era um velho hábito; nos momentos felizes entrava com o espírito alegre para agradecer; nos momentos difíceis, ingressava para expor as minhas dores a Alguém que talvez me ajudasse a suportá-las. Costumava fazer isso antes dos exames. Sempre acreditei nisso e provavelmente era a mesma fé tenaz que me estava a acompanhar durante essa terrível provação. Eu estava a ir como se fosse um exame crucial; a minha vida futura dependia disso; não havia alternativa, a não ser o deserto ou o fim. Fiz apressadamente algumas orações espontâneas e, como era meu hábito, terminei as minhas orações com a frase: "Não a minha, mas seja feita a Tua vontade. Ajude-me a carregar a minha cruz, pois acredito que não posso mais fazer isso sozinho. Sem querer ofender a cruz que de bom grado passaria a um cireneu".

Como já era tarde, não havia muito trânsito na estrada, então consegui ir bem rápido, nas capacidades do meu velho carro. Mesmo quando eu dirigia por uma estrada com muitos semáforos, eu encontrava-os todos verdes; foi incrível como todos eles ficaram verdes quando chegava na encruzilhada. Era como se a estrela da sorte estivesse a dirigir por mim.

Cheguei tarde na alfândega, estava escuro e não tinha muita gente. À medida que me aproximava das barreiras, a ansiedade crescia dentro de mim; era como um novo nascimento, como ser gerado novamente; aquele posto alfandegário era como o ventre da minha mãe; se eu estivesse a passar por isso, teria uma nova vida. Mas tive que passar por isso e sair vivo daquela brecha limitada.

Nesses momentos, um pensa em todas as coisas estranhas que podem estar a faltar em selos, assinaturas, coisas que não se sabiam e não se podiam prever ou preparar. A minha vez chegou; suponho que mesmo demonstrando confiança, a minha atitude revelou toda a tensão que carregava. Um policial pediu o meu passaporte. Ele deu um olhar desinteressado. Em dois minutos, ele trouxe-me o meu passaporte e desejou-me uma boa viagem. Algum milagre estava-se a materializar.

Após passar também a fronteira congolesa sem perseguições, encontrei o meu companheiro que havia chegado lá por meios improvisados. Ele entrou no meu carro e partimos em direção à terra do nosso destino. Durante a viagem, contamos um ao outro algumas das nossas histórias. Eu não sabia como poderia retribuir o grande favor que ele me havia feito. Encontrar um rosto amigo era crucial em tais circunstâncias.

Para nós dois, foi a jornada da viagem para a terra prometida e apesar de todas as vicissitudes, pareceu um dia muito curto.

O camarada já havia achado um lugar para ficar, então fomos para lá. Eu estava exausto e mal podia esperar para deitar. Aproveitei os momentos de silêncio para orar por mim e por ele.

Acordei cedo, apesar do cansaço do dia anterior, e a minha mente parecia estar no limite; senti-me tão reativo quanto nos dias de exames, sempre sentindo muita tensão no dia anterior. Providencialmente, toda a adrenalina do meu corpo era liberada no momento certo, dando-me todo o seu auxílio.

Desejei um bom dia ao meu amigo; nenhum de nós dormiu muito naquela noite; tínhamos acabado de relaxar os nossos membros. Partimos em direção ao nosso destino. Não conhecia esses lugares e depois de alguns, "vira para cá", "não, será assim", perdemo-nos.

Mantive a calma e reconstrui a rota; eu lembrava-me de alguns marcos da minha viagem anterior de autocarro. Com algumas voltas aqui e ali e algumas sugestões dos transeuntes, finalmente chegamos ao nosso destino.

Outros candidatos já estavam lá esperando. Trocamos, como é normal em tais circunstâncias, algumas informações, muito gerais porque, no final, ninguém sabia nada preciso. Havia o imperdível sabe-tudo que afirmava saber de tudo, mas era só por ansiedade.

Um por um, todos seríamos chamados para a entrevista. Pelas informações que circulavam na sala de espera, iriam acolher-nos a todos, porque já tínhamos sido selecionados pelos gabinetes exteriores e, porque precisavam de muitos médicos; os hospitais não tinham médicos e eram administrados temporariamente por enfermeiras experientes.

Ansiosamente nos aglomeramos em torno daqueles que já haviam sido entrevistados para saber como estava a situação, que perguntas eles faziam, como estava o clima geral. As respostas eram tranquilizadoras; todos saíam muito relaxados e sorridentes.

A minha vez chegou; as minhas glândulas endócrinas injetaram a última carga de adrenalina, cujo tanque provavelmente agora estava vazio. Eu senti-me pronto. As perguntas eram as de costume; porque eu queria trabalhar no Congo; quais eram as minhas habilidades, a minha experiência; quais eram os meus planos; se eu já tive experiências semelhantes. Fiquei surpreso porque até o meu francês estava a fluir como se fosse alguém falando no meu nome.

"... e todos foram cheios do Espírito Santo e começaram a falar em outras línguas, conforme o Espírito concedia-lhes que falassem".

Eles pediram-me uma breve explicação dos meus eventos anteriores, sem ficar surpresos ou descontentes. Com certeza estavam bem cientes das muitas mortes diárias na África, que não tinham diagnóstico. Parece-me que encontraram toda a minha história como se fosse um episódio normal na área médica, dificilmente compreensível pelo que se seguiu.

Todos pensávamos que, ao final das entrevistas, alguém sairia com a lista para anunciar os vencedores e possivelmente nenhum, os perdedores. Mas... éramos na Africa! E os seus procedimentos desenvolviam com lógica desconforme. Eles disseram-nos que examinariam cuidadosamente as nossas entrevistas e informar-nos-iam ao devido tempo.

Não, não, não! Tivemos que nos colocar na espera novamente!

Pelo menos eu estava de volta a competir na área médica, havia disputado uma competição médica e estava a esperar um resultado médico. Na pior das hipóteses, eu voltaria ao meu trabalho nos Camarões e ficaria satisfeito, provavelmente encerrando as minhas aspirações duma vez por todas. Com o tempo, também conseguiria um visto de residência permanente. A família para a qual trabalhava certamente ajudar-me-ia.

22. O PONTO DE VIRAGEM

Se você não arrisca ... você coloca tudo em risco.
Jimmy Vee

Esperar por algo nunca é fácil; um não consegue encontrar nada para fazer porque está sempre tenso enquanto espera por um resultado. Experimenta sentimentos de ansiedade alegre se espere uma coisa boa; fica triste, ainda mais do que o necessário, se conjetura uma coisa negativa. Não é você mesmo enquanto espera.

Estando então num novo país, eu não sabia o que poderia fazer. Não sabia como gastar o meu tempo, como me livrar dos meus pensamentos fixos.

Certamente não estava lá para recomeçar com nenhum trabalho antigo de sobrevivência. Agora os objetivos eram claros e bem definidos; as expectativas eram precisas; eu não estava mais pronto para nenhum ajuste.

Os dias passaram-se e nada aconteceu. A companhia do meu colega serviu para aliviar a tensão; contamos um ao outro mil histórias; nós dois tínhamos passado por muitas situações.

Não era raro, naqueles dias de espera, ouvir boatos com afirmações imaginárias de resultados que seriam positivos para a grande maioria dos concorrentes; na

Bélgica, eles certamente fizeram o seu trabalho profissionalmente. Mas nem mesmo o Mr. René apareceu. Provavelmente, como um profissional típico, ele estava apenas interessado em receber a sua remuneração pelo trabalho realizado.

Não aguentávamos mais, tanto pelo tédio de ficar sentado sobre as mãos, quanto principalmente pela apreensão pelos resultados.

Fomos algumas vezes ao Ministério para indagar, mas a resposta sempre foi burocrática e distanciada: "Tem que esperar, não vai demorar. É do nosso interesse ter médicos. Aproveite o tempo para descansar e divirtam-se enquanto isso, porque depois não terá mais tempo, terá muito trabalho a fazer".

Não creio que muitos de nós tivéssemos vontade ou dinheiro para se divertir; provavelmente todos viemos de experiências difíceis.

Algumas semanas se passaram naquela ociosidade. As nossas vidas dependiam dum sim ou dum não que ninguém aspirava ouvir.

A vida aqui era em geral muito mais calma; havia pouco trânsito, tudo estava mais arrumado e limpo. Era outro mundo comparado a Yaoundé.

Costumávamos andar um pouco, porque as estradas aqui eram seguras. Muitas vezes também chegávamos ao Ministério sem ser notados e

156

olhávamos nos quadros de avisos para procurar com hesitação alguma notícia do nosso interesse, que poderia ter precedido a comunicação pessoal. Não ousávamos mais perguntar a ninguém porque já sabíamos a resposta.

O tempo estava muito quente e seco, os nossos pés doíam ao caminhar longas distâncias, mas não tínhamos tempo para nos entregarmos às minúcias.

Enquanto esse incómodo continuava, o dinheiro na minha posse estava quase acabando. A perspetiva de retomar o antigo emprego não estava tão longe, apesar das diferentes ambições e intenções.

A espera preguiçosa só gerava angústia e a ansiedade gerava frustração; percebi que estava a mudar os meus traços de caráter, ficava impaciente e fazia ou dizia coisas que não faria em circunstâncias normais, tornando a convivência um pouco problemática.

Dia após dia, o tempo passou; estávamos em dezembro e o Natal aproximava-se: a festa da alegria, para nós, trairia tristeza e apreensão porque os Ministérios encerrariam todas as atividades por um bom mês. Se não recebêssemos a boa notícia como presente de Natal, isso significava que teríamos que esperar até o Ano Novo, sem dinheiro, sem emprego, uma autorização de residência que vencia: cíclica e cinicamente o refrão de sempre voltou e as nuvens no horizonte novamente pareciam escuras e ameaçadoras.

Ficava perturbado quando os meus pensamentos tornavam-se sombrios e tumultuados; não era difícil me levar a reviver experiências recentes. Agora mal podíamos pagar as nossas despesas diárias e as do albergue; felizmente, continuamos a compartilhar, porque nenhum de nós conseguia pensar em andar nas costas um do outro, dadas as circunstâncias.

Mas como era possível que eles estivessem a atrasar tanto as respostas? Até me acertamos de que ninguém tivesse recebido notificação, para dissipar a dúvida de que havíamos sido rejeitados; todos ainda estavam à espera.

Esforçámo-nos mais uma vez para chegar ao Ministério e agora exasperados, usamos um pouco mais de determinação, mas as respostas foram sempre calmas e iguais; sempre impenetráveis.

Não querendo responder às vezes, uns funcionários mandavam-nos dum escritório para outro onde, por acaso, não estava ninguém. Imaginamos que estavam a zombar de nós. Também tentamos a ligar para o Mr. René, mas ele foi abrupto e disse-nos para não chamá-lo mais porque ele não estava mais envolvido no assunto.

Pois, sem complicações, consegui prorrogar o meu visto por um mês, com a carta convite para a entrevista, mas como se tratava dum visto de turista, fui informado que não poderia trabalhar.

O dinheiro reduziu a uma centelha e o Natal estava a chegar.

Bem, na minha incrível história, foi surpreendente que na véspera de Natal, tanto o meu parceiro quanto eu, recebemos um envelope com a carta, no endereço que indicamos, com a convocação para o Ministério onde fomos de corrida.

Lá nos deram os nossos resultados de admissão no sistema de saúde congolês como médicos. Eu era de novo o Dr. Miguel! Era médico novamente.

Começamos a chorar, o que eu não conseguia fazer havia anos, e abraçámo-nos. Todos os papéis estavam em perfeita ordem: inscrição no sistema de saúde, carta de nomeação, carta de boas-vindas do hospital de destino, o contrato, uma carta com diversos esclarecimentos.

Nunca recebi um presente de Natal tão grande e precioso: era a minha vida; era a minha profissão que podia recomeçar. O contrato previa, inclusive, hospedagem em hotel, com tudo incluído, à custa do Ministério, até que nos acomodássemos nas casas do próximo destino.

Não parecia verdade. Tive de ler e rever aqueles papéis para me convencer de que não sonhava. Eu havia sido destinado para o hospital em Ollombo, a 600 km de Sembé. Não me importava; poderia estar a 3.000

km de distância; eu teria gostado de qualquer maneira.

Também seria um grande desafio, talvez o último, para o meu velho companheiro de viagem, o meu velho carro enferrujado.

Passamos o Natal no hotel; eu sentia-me quase desconfortável em viver num luxo ao qual não estava acostumado; achei impossível fazer pedidos ao pessoal de serviço, pensando em mim mesmo como um deles. O meu estômago não estava mais acostumado a se encher, então, no dia de Natal, gostei mais do meu almoço com a visão e o cheiro do que com o paladar.

Desejava chegar ao meu destino o mais rápido possível; já havia perdido muito tempo. O meu amigo, também, planeou o seu destino, que ficava a centenas de quilómetros do meu, assim não pudemos combinar e compartilhar as nossas viagens.

Dois dias depois do Natal, sem ter muita bagagem para transportar, parti com o meu Peugeot para a minha verdadeira terra prometida (aquela onde corriam leite e mel).

As estradas, como todas as rotas africanas, alternavam entre trechos novos e bem conservados e trilhas com buracos e macadame; a sinalização estava constantemente em falta ou ausente. Depois dum tempo, não sabia se estava a ir na direção certa ou em direção a lugar nenhum.

Disseram-me que havia apenas algumas estradas de Sembé a Ollombo e que eu não podia errar, mas havia muitas estradas, na verdade; nas rotundas, cruzamentos e desvios não sabia que saída tomar. Nenhum dos acessórios do meu carro funcionava, então não tinha ideia de quantos quilómetros havia percorrido.

Sentia uma leveza infinita dentro de mim. Parei em postos de gasolina para beber, fazer xixi e pedir informações. Normalmente, as respostas eram de encorajamento de que eu não estava longe do meu destino e que estava no caminho certo. A ideia de quilómetros estava fora de questão. Também pude ver ocasionalmente placas de casas de hospitalidade (hoteli ndogo). Isso confortou-me por ter a oportunidade de parar durante a noite se algo desse errado. Graças a Deus, não tive nenhum acidente na estrada; os pneus aguentaram sem furar e foi outro milagre.

A paisagem serpenteava monotonamente; duma área de savana plana, subia suavemente em direção ao planalto, uma área mais alta acima do nível do mar, mas sempre coberta pela mesma vegetação. Vi no meu mapa que a área não ficava longe do grande parque nacional Odzala-Kokoua.

Havia territórios alternados de capim seco, na sua maioria, com áreas mais verdes que indicavam a presença de alguns cursos d'água. Nas várias zonas por onde passei, os produtos que ofereciam nos mercados da rua, exibiam a economia do lugar e os produtos com os quais as pessoas viviam. Em algumas áreas havia frutas, vegetais e tubérculos; em outros, aparecia peixe fresco, seco ou assado; também vi alguns animais selvagens secos em exposição, certamente alguns roedores típicos do lugar.

No carro, sem ar condicionado, era como estar numa sauna; particularmente problemática foi a passagem nas estradas de macadame muito empoeiradas; fui forçado a fechar as janelas pela metade quando havia outros veículos na minha frente.

Era o clima Harmattan que normalmente se apresentava com as duas condições extremas diariamente. Estava frio e nevoeiro pela manhã e muito quente para a tarde.

Senti o meu coração soltar, embora acostumado a emoções intensas, quando comecei a ver cartazes publicitários mostrando o nome do meu destino. Eventualmente, vi a placa oficial de Ollombo. Se não fosse tarde, e se não estivesse exausto, teria parado para beijar o chão.

Na entrada da cidade, pedi informações num posto de gasolina; todos sabiam onde ficava o hospital e indicaram-me a direção certa. As pessoas pareciam amigáveis, muito diferentes dos rostos que eu costumava ver em Yaoundé.

A peregrinação do povo de Israel durou quarenta anos; o meu caminho foi melhor, considerando todas as coisas: o meu durou pouco mais de três anos. Achei o hospital, um típico hospital rural de distrito.

A cidade era pequena, mais parecida com um subúrbio, e era a capital do distrito.

Apesar de já ser tarde, encontrei no posto de saúde uma pessoa acordada que me acolheu e ofereceu um quarto para descansar e disponibilizou arroz com molho de vegetais. Nunca o jantar foi mais sumptuoso, delicioso e a cama nunca foi mais confortável!

Dormi como não dormia desde tempos imemoriais; dormi porque estava cansado e, sobretudo, pela serenidade recuperada; eu iria começar uma nova vida. A manhã chegou cedo.

Na África, principalmente nas áreas rurais, as pessoas acordam cedo e, embora muitas não tenham uma ocupação específica, se preparam para o dia.

Eu dever-me-ia encontrar com o superintendente e a equipa do hospital. Receberam-me calorosamente, felizes por saber que era inglês, algo de que não me orgulhava tanto. Alguém esboçou algumas palavras em inglês, talvez aprendidas com algum missionário ou algo.

Disseram-me que ainda não conseguiram encontrar uma casa para mim, por isso reservaram-me um lugar num hotel local e disseram-me que ficariam muito felizes se eu pudesse começar a trabalhar no dia seguinte.

Eu mal podia esperar para colocar o meu casaco novamente e eles mal podiam esperar para ter um médico ao seu lado.

A secretária pediu-me para deixar os meus documentos com ela, para ela poder iniciar a papelada do meu visto e permissão de trabalho; ela faria tudo; eu não precisava preocupar-me com isso. Os sonhos estavam a se tornar realidade.

Vi carrinhas de caixa aberta no parque do hospital, marcadas como Ministère de la Santèe; apontaram para aquele que era designado para mim; não era novo, mas tinha menos da metade dos anos do meu velho companheiro, que eu olhava com carinho: ele fora fiel a mim, livrara-me dos problemas, acompanhara-me nas minhas vicissitudes. Eu teria lamentado abandoná-lo. Foi muito mais fiel do que qualquer ser humano, apesar dos seus defeitos insignificantes.

Algum tempo depois, como ainda não havia recebido o meu salário e, nem preciso dizer, precisava de dinheiro, pedi desculpas ao meu Peugeot e resolvi vendê-lo, mas queria conhecer o novo dono, queria ter certeza de que ele aceitaria ter um cuidado especial com ele; este não era um carro velho; era uma criatura especial que precisava ser cuidada com amor. Encontrei o comprador e fiz recomendações sinceras. No dia em que o vendi, fiquei muito triste, como se tivesse perdido um familiar.

Havíamos nos descoberto muito semelhantes: apegados ao nosso destino, determinados a atingir os nossos objetivos, submissos e obstinados: queríamos e tínhamos que alcançar os nossos objetivos onde teimosamente chegamos.

Por mais alguns anos eu vi aquele meu querido Peugeot nas ruas daquela cidade.

A área de Ollombo estava no planalto; a província era coberta por vegetação como uma savana, atravessada por alguns riachos, torrentes e alguns rios maiores. Ao longo dos cursos de água a vegetação era exuberante e os campos mais férteis.

Os rios maiores eram navegados por barcos e canoas, usados como meio de transporte e pesca. Algumas aldeias, as mais afortunadas, não ficavam longe dos cursos de água; aqueles mais distantes estavam em desvantagem no abastecimento de água e no cultivo. Alguns aldeões do interior ocupavam terrenos perto de fontes de água, onde o solo era certamente mais fértil.

No Congo, como em toda a África, as pessoas derrubavam a floresta para fazer carvão com a madeira e depois cultivavam as terras em pousio. Essa prática, que já existia há muitos anos, estava a esgotar brutalmente os recursos naturais e o meio ambiente.

Os principais produtos da terra, que também serviam de base para a subsistência alimentar, eram a mandioca, o milho, o feijão e algumas hortaliças. As pessoas mantinham patos, cabras, ovelhas e vacas em casa. Perto de cursos de água, as pessoas pescavam, portanto, enriqueciam a sua dieta com peixes. A caça de pequenos animais selvagens, geralmente pequenos antílopes e roedores, também era uma prática comum. O ambiente era certamente mais bonito e saudável do que na cidade, onde o ar estava intoxicado pela fumaça dos escapamentos e desprovido de qualquer contribuição da terra.

A paisagem da savana mostrava as suas vastas extensões de terreno árido e não cultivado, com algumas manchas verdes, onde algumas plantas, em pequenos grupos, conseguiram formar o seu pequeno oásis. Os majestosos baobás faziam parte dessa paisagem. A cor predominante era amarelo acastanhado como fundo com manchas esparsas de verde.

O clima era quente e húmido, com chuvas apenas sazonais ou ocasionais, muitas vezes caindo na forma de chuvas repentinas e muito violentas. A savana oferecia abrigo e era o ambiente natural para animais selvagens. Essa era a minha África.

23. BAHATI NZURI (BOA SORTE)

Comece a fazer o que é necessário, depois o que é possível e, de repente, você se verá a fazer o impossível.
São Francisco de Assis

Um ano estava a terminar e um novo começando; era exatamente como a minha vida: um longo e doloroso período preparatório havia terminado e estava a começar uma nova vida.

Acordei cedo como era meu hábito. Foi incrível que estivesse de volta aos trilhos. Ao mesmo tempo, parecia-me que nunca houvesse interrupção e que tudo acontecera em tempos imemoriais.

Lembrei-me dos convites, repetidos ao longo do tempo, nunca atendidos, dum colega que havia deixado tudo e ido para a África. Às vezes, o destino, ou seja, o que for, não gosta de ser ignorado.

Eu era atualmente uma pessoa diferente; olhei-me no espelho: os meus olhos, o meu rosto, as minhas expressões diferiam daqueles dos dias antigos. Eu havia muitos objetivos agora: tinha que começar a minha vida de novo, sem considerar nada garantido; necessitava de provar a mim mesmo e aos outros que era um médico competente; precisava que remover aquela espada traidora presa no meu coração que encurtou a minha carreira médica e quase cortara a

168

minha vida.

Os que causaram provavelmente nunca saberão disso, mas estava a mostrar como a maldade deles que levemente abriram ações judiciais apenas para obter dinheiro contaminado, era gratuita, prejudicial e suja.

Como crente, esforçava-me para não guardar rancor contra os meus detratores, mas não era um exercício fácil; perdoar e não esquecer era insistente nos meus pensamentos.

Tive que deixar o passado de lado e focar no presente e no futuro. O início oficial do novo desafio estava na minha frente.

Estranho, mas senti, depois de anos lutando sozinho, a necessidade de ter alguém por perto para comunicar os meus sentimentos e desejar-me, com desinteresse e verdadeiro carinho, *boa sorte*.

Talvez eu estivesse a voltar à esfera da normalidade! Mas teria tido tempo para esses sentimentos nostálgicos. No entanto, não fiquei angustiado por estar sozinho, desejei-me boa sorte e fui para aquele bonito hospital rural cujo nome era Bahati Nzuri (boa sorte).

Era um estabelecimento de médio porte, em prédios separados, conectados por arcadas; havia os departamentos básicos: medicina, pediatria, uma sala de cirurgia, maternidade e o departamento pelas visitas dos externos (nje mgonjwa). A cirurgia trabalhava para as operações básicas e mais urgentes e era feita por enfermeiros qualificados; a maternidade era administrada por parteiras bem treinadas.

Com carinho, alertaram-me que era agora parte integral do grupo e precisava aprender cirurgia básica, garantindo-me que não deveria preocupar-me se não ficasse atualizado; alguém ensinar-me-ia. Não era novidade não encontrar nenhum serviço de cardiologia, pois havia outros problemas básicos a serem resolvidos e mais urgentes.

Naqueles anos, em quase toda a África, os problemas cardíacos eram ignorados e negligenciados, como se não existissem.

A equipa gostaria de dar-me algumas orientações básicas, mas como havia uma escassez de pessoal, após o preâmbulo dos primeiros dias, tive que me virar sozinho; no entanto, alguém estava sempre pronto para vir e ajudar-me, caso eu precisasse.

A vida se iniciava com um fluxo normal: residência legal, um emprego, um salário, acomodação: o céu caiu na terra?

Ollombo era uma cidade no interior profundo do país; os habitantes somavam cerca de 50.000, espalhados por uma infinidade de aldeias no distrito. A população pertencia ao grupo étnico Bayaka, ao contrário da maioria da população do Congo que pertencia aos Bantus; eram pessoas muito amigáveis e hospitaleiras, abertas aos estrangeiros. Era uma das centenas de pequenas cidades espalhadas por toda a África formadas por alguns edifícios coloniais que resistiram à ruína, embora não estivessem mais em boas condições; habitações africanas típicas construídas com materiais locais; alguns edifícios mais luxuosos. Havia, espalhados por todo o lado, os típicos quiosques, que serviam de lojas e locais de restauração.

O ambiente geral era propício para relacionamentos sociais; as pessoas cumprimentavam-me cordialmente ao passar; algumas crianças sorriam, outras choravam ao ver um ser humano de cor diferente (mzungu).

No ambiente de trabalho, foi fácil confraternizar com os funcionários. Por prazer, mantínhamos a nossa vida social em alta, visitando uns aos outros, conversando sobre trabalho (nem é preciso dizer) e tomando uma bebida ou uma cerveja juntos. Não tínhamos muito tempo livre; além disso, eu ainda tinha muito trabalho a fazer para aprender a linguagem técnica e aprender as minhas novas tarefas, que eram um pouco incomuns em comparação com as minhas funções na Inglaterra. Eu tinha muito que aprender, mas tudo estava a fluir tão facilmente!

O povo de Ollombo vivia dos recursos naturais, que eram as colheitas da terra. A única estrada asfaltada era a central que cortava a cidade. O resto das estradas, ou afirmavam ser, eram estradas de terra. A cidade tinha algumas escolas primárias, uma escola secundária e uma escola técnica (vocacional).

Havia um destacamento policial; havia um tribunal e algumas agências bancárias. Era a sede da Assembleia Representativa do Povo.

24. EXCESSO DE LUXO

As mudanças nunca acontecem suavemente, de melhor para pior, mas também de pior para melhor.

Fiquei no hotel por mais tempo do que planearam; o processo de aquisição duma casa teve que seguir procedimentos que, envolvendo a administração pública, não eram simples e diretos.

Como o hospital possuía apenas algumas casas, todas já ocupadas, a administração decidiu encontrar uma casa na cidade para mim; individuaram uma, cujas condições não eram excelentes, e o administrador queria a minha opinião antes de assinar o contrato.

O hotel era uma boa solução, mas só tinha um quarto na minha disposição, o que não me incomodava muito, dadas as minhas experiências, mas a administração julgou que não era conveniente para um médico. O administrador encontrou-me para explicar tudo e disse que o motorista levar-me-ia para ver a minha possível acomodação. Ele estava a esperar a minha opinião, antes de formalizar o contrato com o proprietário.

Fomos até o local que ficava um pouco longe do hospital, mas isso não iria ser problema como eu tinha um carro para a minha deslocação. A área era o que chamaria de subúrbio da 'classe trabalhadora' e não uma área residencial, mas as residências de tijolos ainda eram bastante diferentes das residências locais comuns de barro com telhados de palha. Havia muitos edifícios de aparência negligenciada.

Entramos com o motorista e ficamos pasmos: o quarto estava exageradamente sujo, do chão às paredes; havia teias de aranha por toda a parte; a cozinha e a casa de banho fediam; os acessórios sanitários estavam manchados com resíduo de cal e muito mais; havia também um andar superior com o quarto principal, bwana kitanda chumba (la Chambre du maître), com uma casa de banho que não era melhor.

O motorista parecia envergonhado e começou a sacudir a cabeça num pedido de desculpas.

Além de tudo tive que decidir, senão teria que ficar no hotel sabe-se lá quanto tempo, porque não havia outras casas apresentáveis.

Pensei que tudo considerado, como consegui transformar até aquele pequeno apartamento horrível em Yaoundé num ninho aconchegante, com um pouco de paciência e inventividade, conseguiria consertar isso identicamente.

Para surpresa do motorista, eu disse que a aceitaria; ele olhou-me estupefacto e com certeza pensou que estava louco, já que aquele apartamento nem mesmo atendia aos padrões africanos. Eu estava

174

sobrecarregado de energia positiva; não havia mais obstáculos para mim que não pudessem ser superados. Fomos ao administrador e disse-lhe para continuar com o contrato. Eles teriam que fazer algumas reformas, limpar, pintar as paredes, reformar o encanamento e a parte elétrica e fornecer alguns móveis.

O administrador, sem hesitar, se encarregou de encontrar operários para a obra e garantiu-me que em cerca dum mês tudo estaria bem-feito e pronto. Durante aquele mês, quando tive tempo, acompanhei o trabalho em andamento, dando alguns conselhos e ajuda, se necessário.

Inacreditável, mas verdade, depois dum mês o apartamento mudou de aparência; não era uma casa de luxo, mas era uma opulência para mim.

O hospital possuía um estoque de móveis para o uso dos seus funcionários, durante a contratação.

Fomos para o almoxarifado: era uma mistura de artigos; alguns móveis eram um pouco mais novos, alguns velhos, alguns estavam surrados e em ruínas. Escolhi alguns, pois estava acostumado a ter apenas o essencial. Arrumei-os, pois combinavam perfeitamente com o meu gosto. Aí, gradualmente, personalizei o meu espaço e também revitalizei o jardim.

Aquela era uma casa de verdade, e morei lá, como um rei no seu palácio.

25. NOVAMENTE NO HOSPITAL

Não são as pessoas que tentam e não conseguem mudar que falham, mas as que reclamam o tempo todo sem tentar. Robysjack

Nos primeiros dias de trabalho, experimentei entusiasmo mesclado com frustração ao dar-me conta de que estava a trabalhar em outro mundo profissional que pouco tinha a ver com aquele de onde vim. Fiz o meu melhor para compreender um mundo totalmente novo, empregando todas as minhas forças.

Eu nunca havia trabalhado como médico em ambiente tropical, além da temporada de enfermagem em Yaoundé, que rendeu bons frutos. Agora estava novamente no topo da pirâmide de responsabilidades e tinha sentimentos opostos: assustado, preocupado e, em simultâneo, atraído e fascinado por este novo domínio sem precedentes. Senti-me bem-vindo e parecia que todos cuidavam de mim, como uma criança, enquanto me reconheciam como o seu diretor (um papel que eu honestamente não almejava).

Dei uma olhada rápida em algumas estatísticas divulgadas pelo Ministério da Saúde: quase uma em cada dez mulheres morria de causas relacionadas ao parto (e ali os partos eram muito frequentes); a mortalidade infantil entre crianças menores de um ano era de 75 por mil (na Europa era menos de 5) e 117 crianças em mil morriam antes dos cinco anos.

O pessoal do hospital, com regularidade, realizava reuniões; na primeira delas, preocupei-me mais com a realidade em que havia iniciado o meu trabalho e em que deveria viver a minha vida. Adquiri alguns conceitos fundamentais: que havia problemas diariamente e que tínhamos que tentar resolvê-los sozinhos; que a morte era um drama quase diário, mas por ela, qualquer que fosse a causa, nenhuma culpa era colocada nos médicos ou nos enfermeiros; que ter uma ambulância era como ter um avião. Já vira alguns pacientes morrerem enquanto esperavam pela ambulância.

Essa estava à disposição do hospital e devia servir a todo o distrito, que era bastante extenso e com estradas em más condições. Também era usado para transporte de mercadorias e não apenas para transferência de pessoas.

O único funcionário para este serviço era o motorista, e nenhum paramédico fixo; era difícil ter a ambulância disponível rapidamente quando necessário; muitas horas e às vezes o dia todo se passava antes que ele voltasse das suas tarefas.

Pacientes que teriam sido salvos se tivessem sido levados a tempo para um hospital bem equipado, a cerca de 50 km de distância, simplesmente não sobreviveram por falta de transporte.

Às vezes, eu disponibilizava o meu carro para o transporte de pacientes urgentes; era um carro simples, mas a ambulância não era muito mais. Também tive que ter cuidado para evitar desgastes excessivos, porque o carro não era meu e, se quebrasse, não seria fácil consertá-lo ou obter outro.

Os hospitais realmente bem equipados ficavam praticamente apenas na capital e nas cidades maiores. Bahati Nzuri não era mau. Recentemente, recebeu algum financiamento extra para atender às principais necessidades; além disso, agora tinha um médico.

A equipa tinha uma boa reputação por ter bons funcionários nas suas fileiras. A situação local refletia o estado de crise naquele país; um terrível período de instabilidade política com guerra civil e invasão de exércitos estrangeiros acabou de terminar havia pouco tempo. Estávamos no início dum renascimento tímido e o governo começava a reduzir o orçamento da defesa em favor da saúde e instrução.

O meu encontro com este sistema revelou muitos dos problemas com os quais tive de confrontar-me, ao longo da minha vida na África.

A escassez de remédios era um problema comum; a baixa qualidade dos serviços prestados por alguns Postos de Saúde aumentava o fluxo de pacientes para o hospital principal, a falta de material de escritório, a falta de pessoal e muito mais eram os problemas mais comuns em que estávamos envolvidos.

Entre os problemas urgentes destacados estava a falta de detergentes para lavar camas e banheiros em tempos de doenças infeciosas emergentes, como SIDA e TB.

Havia também o problema significativo de gerir o alto número de mortos. Existia um duplo problema logístico no manejo dos cadáveres: o hospital não tinha salas equipadas para armazená-los enquanto esperavam que as suas famílias os recolhessem (aí cruzava mais um problema da ambulância). Em clima quente, o processo de decomposição era rápido, com todos os obstáculos associados. O tratamento do cadáver com formalina, realizado por um funcionário, ajudava a conter o problema.

O segundo problema era social: a população local não celebrava imediatamente os funerais, mas os adiava para um tempo para fazer os preparativos necessários. Então, precisavam de celas refrigeradas onde guardar os corpos até o dia do funeral. As famílias tinham que pagar custos consideráveis para levar os cadáveres em locais bem equipados e distantes. Havia uma necessidade urgente de equipar o hospital para resolver esses problemas.

As reuniões não eram realmente empolgantes, mas

eram importantes e abrangentes, apresentando uma série de problemas que teríamos de resolver um a um (ou três a três) no futuro. Uma reunião era como o manual de operação das máquinas; indicava as instruções para seguir.

Um dos entraves da população, como em toda a África, era a dificuldade de acesso aos hospitais. Havia poucos meios de transporte; as distâncias eram extensas; a maioria das pessoas precisava caminhar, às vezes por dias, para chegar ao hospital. Os postos de saúde periféricos faziam um bom trabalho para as exigências básicas, mas não podiam fazer muito mais. Não era surpresa que a taxa de mortalidade nas áreas rurais fosse o dobro da das áreas urbanas. Só depois de alguns anos conseguimos estabelecer um programa para supervisionar e apoiar as enfermeiras que trabalhavam nessas clínicas remotas; era fácil para elas serem vítimas da rotina, arrastar os pés sem muita motivação e deixar a qualidade dos serviços diminuir.

As áreas urbanas, que já possuíam as melhores instituições públicas, também contavam com serviços de saúde privados (óbvio que sempre chove no molhado).

As pessoas, morando longe e sem recursos económicos, não costumavam correr para o hospital aos primeiros sintomas. Eles sempre esperavam até o último minuto para perceber que a situação era crítica, e precisavam ir ao hospital.

Geralmente, a primeira consulta era feita por algum curandeiro tradicional, que geralmente fazia bagunça e atrasava a ida ao hospital. A maioria das crianças, quando tinha febre, recebia um enema com uma poção preparada com uma erva local (Santa Maria). Regularmente, o estado das crianças piorava após receber aquele enema, mas era quase impossível desviar as famílias dessas práticas tradicionais deletérias.

No nosso hospital, geralmente víamos pessoas muito doentes; a seleção (triagem) era feita por eles mesmos.

A essa altura, a epidemia de SIDA havia se tornado disseminada e trouxe consigo a explosão da tuberculose e toda a cadeia de complicações. Os pacientes com SIDA, com todas as desordens e o mau estado geral em que se encontravam, representavam grande parte dos pacientes que ocupavam camas hospitalares em todo o país.

Já era bem conhecido no Ocidente (embora eu não tivesse seguido esse campo) como a SIDA poderia ser tratada e tornar-se cronica a ponto de os pacientes desfrutarem duma saúde razoavelmente boa se tratados. Mas isso era impensável lá, onde a epidemia era mais feroz.

Havia um compromisso institucionalizado de recomendar o uso de preservativos, que eram distribuídos gratuitamente, mas, infelizmente, o seu uso despertava pouco interesse. Vários fatores culturais, religiosos e tradicionais impediam o uso.

Os efeitos foram devastadores, com a doença invisível dando origem a todas as enfermidades, levando à morte de inúmeras pessoas de todas as idades e estatuto.

A guerra recente causou a explosão incontrolável de todas as formas de doenças infeciosas, pois o território e as populações ficaram fora de controle. Houve um aumento de 80% nos casos de TB.

As condições sociais e de habitação desempenhavam um papel fundamental. Era bem-sabido que na Europa a tuberculose não foi vencida com remédios sofisticados, mas sim com a melhoria das condições sociais e económicas.

Um dos problemas que se colocou, e logo dei-me conta disso pessoalmente, era que os pacientes com tuberculose, tendo que fazer um longo tratamento de seis a oito meses, paravam-no muito cedo, porque não tinham dinheiro para transporte para vir e pegar os remédios distribuídos gratuitamente; uns pacientes até os vendiam para lucro. As cápsulas coloridas tinham um fascínio especial por aquelas pessoas gerando um valor monetário.

As crianças, muitas vezes, morriam de desidratação devido à diarreia; faleciam de anemia devido à malária e desnutrição; acabavam morrer de infeções respiratórias comuns.

Apenas algumas aldeias tinham água bombeada de poços profundos; normalmente as pessoas pegavam água onde a encontravam, as vezes compartilhando-a com os animais. Eles não a ferviam, para não desperdiçar carvão.

A cobertura da vacinação, que havia alcançado um bom nível de cerca de 70–80% antes da guerra, caiu devido ao conflito. Temíamos o retorno da poliomielite, mesmo sendo declarada erradicada, afirmação de que não tínhamos mais certeza se era verdade.

Certamente, registamos muitos casos de sarampo, que causava condições indescritíveis naquelas pobres crianças, para quem a morte acabava sendo um alívio.

Relatamos alguns casos de meningite que, apesar de ser de natureza epidémica, felizmente nunca explodiu e não atingiu muitos pacientes.

A nossa área foi poupada pelas novas infeções de Ébola e Marburg que assolaram algumas áreas do país e países vizinhos.

Eu estava apenas no começo, então veria muitas dessas situações repetidamente nos anos que viriam. Não estudei medicina tropical na universidade, tive que

184

aprender diretamente no campo.

Entre os problemas crónicos estava a escassez de medicamentos essenciais, cujo mercado era estritamente controlado pelo ministério. Não era incomum que os hospitais não tivessem os medicamentos mais básicos.

No caso da TB, para a qual fazíamos muitas recomendações para não interromper a terapia, não era raro que acabávamos os medicamentos, prejudicando o tratamento e os resultados. Já encontrávamos casos de resistência aos medicamentos disponíveis.

O mesmo acontecia com os vários dispositivos: luvas, máscaras, seringas, agulhas e assim por diante. Era fácil imaginar o desconforto num país com tantos casos de SIDA e doenças contagiosas.

Quando se tratava de oxigénio, era praticamente inútil pedi-lo; nunca estava disponível. Tive que excluí-lo do meu manual.

Nenhum destino melhor ocorria a papelaria, tanto que o pessoal acostumou-se a comprá-la por conta própria.

Quando tivemos sorte, chegavam algumas doações.

Havia uma falta constante de combustível para os carros.

Levei algum tempo para observar e entender as

responsabilidades por tantas disfunções que eram distribuídas igualmente.

A corrente começava no topo, de onde muito do que estava em falta havia sido desviado para canais de lucro pessoal. Alguns suplementos andavam perdidos ao longo do caminho nas etapas de distribuição.

A gerência local acabava se recompensar com algum bónus suplementar e alguns dos funcionários achavam melhor aproveitar para não ficar fora do sistema. No final da cadeia, sobrava pouco para o povo.

Todos falavam de corrupção, mas sempre parecia que a culpa recaía sobre "outros" que ninguém conhecia.

Aprendi rapidamente a não ficar zangado com esse estado de coisas, embora isso me incomodasse; sintonizei-me com a filosofia africana muito estoica de resignação e aceitação da realidade.

Não era por egoísmo que me abstive de fazer barulho, mas não havia nada que eu pudesse fazer a não ser causar problemas desnecessários para mim mesmo, sem resolver os dos outros. Esse era o sistema, e pelo pouco que eu sabia, era até um sistema que pertencia a todo o continente.

Deus os fez assim; só Ele explicará o seu projeto sobre este continente um dia.

Nas reuniões, alguém falava com ousadia sobre má gestão, ineficiência e incapacidade de planear. As palavras: planeamento, aval, supervisão, recursos, capacitação e toda a parafernália associada estavam a sair dos meus ouvidos.

As coisas podiam ser resolvidas com simples senso comum, bom conhecimento e honestidade, deixando grandes discursos de lado.

É verdade que muitos dos funcionários administrativos eram colocados pela "política" e não pelo profissionalismo. Alguns não sabiam por onde começar e nem mesmo tentavam fazer qualquer coisa com sentido.

Por outro lado, grande parte do corpo clínico conhecia o seu trabalho e trabalhava com uma dedicação tangível, além das suas atribuições. Em todo o país faltava pessoal qualificado; as poucas enfermeiras e médicos preferiam trabalhar nas cidades, muitos no setor privado, e muitos saíram e continuaram a sair do país por outros países onde encontravam melhores salários, condições de trabalho mais estimulantes e menos riscos de contágio.

Os poucos bravos que permaneceram tiveram que trabalhar em condições extremas por salários que não eram à altura.

Um aspeto não desprezível era o estresse causado pelo impacto, infelizmente diário, com as lamentáveis condições e mortes de muitos pacientes. Embora acostumado a isso, isso envolvia um gasto emocional, especialmente quando as mortes frequentes envolviam crianças.

Médicos e enfermeiras eram seres humanos, antes de serem profissionais. Desde os primeiros dias, vi algumas enfermeiras chorando com a mãe dum bebé falecido.

Em pouco tempo, aprendi a fazer tudo e qualifiquei-me como anestesista, reanimador, cirurgião, ginecologista, urologista.

As pessoas vinham de longe, dia e noite, e carregavam os doentes como podiam: com carrinhos de mão, macas feitas à mão, veículos improvisados, nos ombros de alguém mais robusto.

Sempre estive pronto para ajudar; mesmo cansado, encontrava forças na alegria de ter ajudado alguém ou salvado outra vida.

Não deixava nada ao acaso, principalmente à medida que me familiarizava com as doenças das pessoas: enfermidades comuns, operações, cesarianas, picadas de cobra; quase tudo não me assustava mais.

Infelizmente, havia muitos casos de queimaduras em crianças trazidas para nós, sempre depois de alguém ter bagunçado com ervas e lama e várias outras misturas sujas.

As queimaduras mais frequentes eram causadas pelo uso de fogos domésticos; as feridas costumavam ser devastadoras quando causadas por panelas de água quente viradas. Mortes não eram incomuns.

Outro acontecimento frequente, menos grave, era a ingestão acidental de querosene, utilizado nas lâmpadas; a eletricidade só estava disponível em algumas casas e era bastante instável, então as pessoas usavam habitualmente lâmpadas de querosene. O hábito das famílias era colocar o combustível nas garrafas de refrigerante, e isso parecia ser um convite para as crianças tomarem a suposta bebida. Normalmente este acidente não havia consequências adversas; às vezes lavávamos os estômagos se a quantidade ingerida fosse presumivelmente grande, mas, devido ao sabor e ao cheiro, até mesmo as crianças só conseguiam tomar um gole da bebida mefítica e parar a tempo.

Vimos alguns casos de tétano e, embora nem sempre fatais, eram sempre bastante dramáticos.

Entre as mortes mais dramáticas, que infelizmente não conseguimos eliminar, embora as tivéssemos reduzidas drasticamente, eram as complicações obstétricas: vimos coisas inacreditáveis e impensáveis no hemisfério Norte: roturas uterinas, abduções placentárias tratadas em casa e como frequente, remexidas até resultar ser septicemia; complicações hemorrágicas e sépticas de abortos, realizados por algum "curandeiro" (melhor bem definido como "assassino").

A mortalidade infantil por malária, diarreia e qualquer causa era lamentavelmente não apenas uma estatística, mas uma ocorrência diária.

Recomendávamos o uso de redes mosquiteiras. As enfermeiras estavam altamente motivadas na linha de frente. Mas isso acabava ser simplesmente um ritual formal com poucos resultados práticos. Parecia que a culpa recaísse sobre a falta de dinheiro para comprá-las, mas, quando começamos a distribuí-las gratuitamente, fornecidas por doadores, as vimos no mercado para revenda. Normalmente, nas suas cabanas, todos dormiam no chão em esteiras, por isso era objetivamente difícil envolver as crianças em mosquiteiros, devido ao número de crianças e aos espaços inadequados nas casas.

Encontrei um livro sobre o Dr. Schweitzer e, longe de colocar-me no nível dele, senti que a história dos médicos na África era quase universal e repetida.

"Nos primeiros nove meses, a minha esposa e eu atendemos cerca de 2.000 pacientes, alguns deles viajando centenas de quilómetros e caminhando dias para chegar ao nosso hospital. Além de feridas e chagas de todos os tipos, tínhamos que tratar úlceras específicas causadas por pulgas e insetos (tungíase e oncocercose), bouba e outras doenças de pele. Encontramos doenças cardíacas agudas; diarreia e malária foram as rainhas; houve inúmeros casos de febre; encontramos casos de lepra, hérnias estranguladas, tumores abdominais, bloqueios da bexiga, intoxicação grave por álcool e ervas alucinógenas locais. Envenenamentos eram comuns com a intervenção de feiticeiros por trás. Tínhamos uma suspeita bem fundamentada de que ainda existia canibalismo".

O diário de muitos anos antes era como um diário de hoje, à parte do canibalismo (mas no interior quem sabe que ainda existisse), com novos desafios terríveis como a SIDA.

Cada vez mais me convencia de que ainda tinha muito que estudar e aprender. Integrei-me facilmente como profissional e como cidadão.

Tendo resolvido os problemas de vistos, passaportes e sobrevivência, conduzia a minha vida fácil, feliz e serena. Aprendi a lidar com os problemas ao estilo africano, no que calma e paciência são sempre em primeiro plano.

Tive dezenas, para considerar apenas as mais sérias, de propostas de casamento, mesmo feitas oficialmente por algumas famílias de posição relativamente elevada.

Recebi uma profusão de ofertas para adotar crianças órfãs por várias circunstâncias.

Eu já tinha quase esquecido a minha cardiologia e tudo o que vinha com ela. Era agora um cirurgião geral de pleno direito e qualificado no campo da medicina tropical; sentia apenas uma nostalgia vaga e distante dos primeiros dias, mas nenhum desejo real de retomar os meus paços. Eu andava leve num caminho, brutalmente mapeado e aberto, contra a minha vontade e imaginação.

A vida assumiu outra dimensão; havia escalado outra montanha e os horizontes eram muito diferentes. Meu Deus! Quão difícil foi a escalada! Mas como me sentia bem por estar no topo!

26. FAMILIA TAKATIFU

É impossível ganhar as grandes apostas da vida sem correr riscos, e as maiores apostas são as relacionadas com o lar e a família. Teddy Roosevelt.

A África encantou-me, assim como as histórias de quem falava do fascínio indescritível e contraditório deste continente cheio de problemas, mas com o rosto da feiticeira Circe.

Havia doentes e mortos, muitos, diariamente, mas os muitos, muitos sorrisos e expressões de agradecimento, mesmo não merecidos, contrabalançavam as frustrações e deixavam-me feliz, satisfeito, cheio de energia e com excesso de zelo.

Senti que deveria fazer algo mais; ainda não sabia o quê, mas estava a esperar por uma nova revelação.

Via muitas crianças no hospital e reparei que muitas delas estavam acompanhadas por senhoras que, olhando para a idade, não pareciam ser mães. Após investigar, recebi a confirmação do que havia imaginado: eram crianças órfãs de pais que morreram na guerra ou de SIDA.

Muitas famílias eram constituídas por avós que cuidavam de inúmeros netos. As condições em que viviam eram mais precárias do que a média da população. Essas crianças estavam a começar logo abaixo de zero, quase sem oportunidades de competir por uma vida normal.

No Ocidente, aqueles que têm oportunidades, muitas vezes as jogam fora, reivindicando a má escolha.

Essas crianças não podiam escolher; eles tiveram que aceitar em participar a uma corrida injusta; deviam partir atrás dos outros.

Achei sensato fazer algo para dar uma oportunidade a essas crianças para trazê-las ao mesmo ponto de partida que os outros.

Os problemas da África Subsariana sempre foram comuns e repetidos, principalmente relacionados à má governança, guerras e condições climáticas extremas; onde não houve outras condições adversas, houve roubos e corrupção.

Seja qual for a história, é sempre algo que coloca o rico acima e o pobre abaixo; a história é feita apenas por palavras; quem conta ou escreve não utiliza acontecimentos passados nem presentes para corroborar os enunciados. O destino dos pobres permanece igual, mesmo depois das promessas feitas durante as campanhas eleitorais.

As pessoas têm que lutar para sobreviver diariamente e em todos os lugares. Vez após vez, as pessoas comuns têm que lutar para sobreviver. As famílias vivem na frustração de muitas vezes não

194

poderem sustentar os seus filhos, inclusive para as necessidades básicas.

No hospital, costumávamos ver crianças de dois anos pesar seis kg como se tivessem seis meses.

O povo africano sempre carregou um legado de resignação e ajuste; exceto alguns movimentos de libertação, nunca houve uma verdadeira revolução ideológica na África. Um autêntico espírito de insurgência e combate ficou sempre para baixo.

Nos níveis mais altos da política havia uma tendência de culpar outros sujeitos pelos problemas (Deus, colonialismo, potências imperialistas), nos níveis mais baixos havia mais tendência para renunciar, para atribuir as causas a alguma maldição indefinida, e em vez de tentar atacar os fatores contrários, havia a aptidão de se aniquilar com o álcool, que corria em rios do tamanho dos grandes flumes daquele continente.

A poligamia, praticada oficial ou secretamente, era possivelmente um dos fatores na disseminação da SIDA.

O resultado era um aumento no número de mortes de jovens, deixando milhões de crianças órfãs no terreno. Assim, os avós ficaram com famílias que cresceram como cogumelos.

Individuei um edifício bastante grande que o dono havia iniciado a construir com a intenção de fazer um hotel, mas tendo acabado o dinheiro, o deixara no abandono. Consegui um acordo com esse dono para terminar a construção em troca do aluguer proporcional às despesas que teria que arcar. Não foi fácil, mas consegui organizar assim uma casa como centro juvenil e orfanato. Tive problemas iniciais em encontrar educadores bons e motivados, mas quando ofereci alguma compensação, as inscrições e a qualidade dos concorrentes aumentaram.

Os objetivos eram simplesmente fornecer uma refeição regular todos os dias, oferecer aulas extras e propiciar a oportunidade de brincar. Crianças em todo o mundo são crianças em primeiro lugar; a ocupação principal deles deve ser brincar.

Não precisei pagar nenhuma agência de publicidade para promover o projeto; em dois dias, tivemos dezenas de crianças matriculadas e o número continuou crescendo.

Visitar aquelas crianças, era um tónico, com um toque restaurador e mágico! As próprias crianças, após alguns dias de alimentação regular, estavam a ficar cada vez mais bonitas e animadas.

O encontro com a animação e a franqueza das crianças, permitiu-me reinterpretar a vida; as vicissitudes pelas quais passei adquiriram pleno sentido.

Eu tinha experimentado a dieta de pão e água;

encontrei-me sozinho e desorientado. Tive a oportunidade de testar em primeira mão o que milhões de pessoas vivenciam diariamente. Pareceu-me que eu era o homem mais azarado do mundo, mas em vez disso, pensei nos grandes presentes que recebi na minha vida e em quanta sorte beijou-me.

Era apropriado compartilhar as minhas habilidades e a minha pouca riqueza com aqueles que haviam sido privados dos direitos mais básicos: segurança, alimentação, educação, diversão, amor.

Era impossível descrever as emoções e os sentimentos que sentia, estar com as crianças, brincar e rir com elas, ver quanto amor e esperança havia nos olhos deles e a grande serenidade com que viviam a sua condição.

Eu não tive nenhum filho e a ideia de ter um não estava mais nos meus planos; agora era um patriarca com uma enorme família de centenas de crianças.

Sabia que quem fundava uma associação tinha que escrever projetos, fazer planos cheios de números, palavras, gráficos. O meu objetivo era simplesmente melhorar a qualidade de vida de crianças e jovens, na sua maioria órfãos, que viviam em condições de extrema precariedade, garantindo-lhes alimentação, ajudando-os na sua educação e promovendo o seu brincar seguro.

Apesar do grande número de crianças, que rondava

os duzentos, gostava de considerar a casa uma família, por isso a chamámos de Família Takatifu (Sagrada Família). A diretora era uma professora local aposentada, a quem chamávamos de Mami.

Precisávamos e contratámos carpinteiros locais para fazer alguns móveis simples, pedreiros para reparos, canalizadores para reformas e ampliações. As costureiras locais aumentaram o seu trabalho e orçamentos.

Impulsionamos a economia duma pequena comunidade que gozou assim de alguma prosperidade e ajudamos a economia de várias famílias.

As crianças estavam a chegar à Família Takatifu desnutridas, muitas vezes vestindo apenas calções esfarrapados e, se tivessem uma camisola, combinava perfeitamente com os calções; eles não tinham sapatos, então não precisavam preocupar-se no combinar o estilo.

Teoricamente, eles deveriam ir à escola pela manhã, mas provavelmente, muitos deles não atendiam.

De manhã, a caminho do hospital, estava a partilhar o meu percurso com as filas de crianças que caminhavam em direção às escolas e muitas delas tinham uma cadeirinha ou uma mesinha na cabeça: tinham que carregá-las todos os dias. Eles não tinham mochilas cheias de livros; não!

Periodicamente, fazíamos avaliações médicas para a nossa Família e administramos massivamente medicamentos contra vermes; durante a estação de maior risco, também distribuímos um tratamento preventivo para a malária (não nos esquemas da OMS, mas parecia dar bons resultados).

Cuidar de tantas criaturas era comovente, mas, ao mesmo tempo, financeiramente preocupante e eu tive que começar a pedir ajuda. Não queria que o projeto tivesse nenhuma interrupção; pelo contrário, queria que se desenvolvesse e se abrisse para novos objetivos.

Apresentei os meus problemas a alguns missionários locais: havia franceses, americanos, italianos e outros, e de diferentes denominações. Eles já tinham os seus problemas, os seus projetos e os seus compromissos, mas tinham mentes e corações abertos. Montamos uma comissão interconfessional, com o propósito de trocar as nossas experiências, as nossas ideias e os nossos projetos. Não importava a qual igreja ou religião pertencíamos, éramos simples e naturalmente amigos, o nosso único interesse era ser útil em ajudar os pobres.

Todos tínhamos uma coisa em comum: éramos todos grandes devedores da Providência, gerente invisível que aceitava as nossas letras de câmbio em branco.

Não tinha tempo para me dedicar às relações internacionais, embora fosse urgente e necessário de obter apoio.

Os missionários tinham muitos canais de relacionamento e, por meio desses, comecei a receber algumas doações na forma de dinheiro, roupas, material escolar e assim por diante.

Também recebemos ajuda para o hospital, na verdade, não desprezível.

Uma coisa leva à outra, nós sabemos, e primeiro vieram as visitas dos bons visitantes, entre os quais alguém se tornou voluntário.

Com calma e confiança, considerando a mentalidade africana, consegui consolidar bem o projeto; recebíamos ajuda financeira de pessoas físicas, de organizações, de algumas embaixadas: assim, a nossa família ganhou uma base mais sólida.

A minha mente inquieta concebeu uma segunda fase na qual eu queria abrir uma escola particular na Família Takatifu.

A minha vontade chocou mais uma vez com as intenções do Grande Mestre...

Quando Deus se coloca firmemente no comando da tua vida, Ele nunca deixa de atrapalhar os teus planos.

27. NOVA MISSÃO

Do ponto de vista da evangelização, atitudes místicas ignorando ação social, ou práticas sociais e pastorais sem uma espiritualidade que transforme o coração são de qualquer utilidade. Papa Francisco.

Além dos amigos missionários com os quais tínhamos o nosso conselho local, era comum encontrar outros missionários e outras pessoas que visitavam os nossos lugares remotos, por curiosidade ou por diversos motivos, não menos pelo interesse que a nossa Família Takatifu despertava entre tantas pessoas.

Esse interesse atraia constantemente visitantes estrangeiros que eram bem-vindos e pareciam enviados do céu. Com eles pudemos honrar aquelas notas promissórias assinadas a favor da Providência, a quem devemos a honra de não nos colocar sob pressão para exigir o pagamento.

Havia também um missionário francês, Abbé Martin, que era um sujeito extraordinariamente vivo e sociável.

Ele pegou-me debaixo do braço desde a primeira apresentação e costumávamos encontrar-nos por vezes para beber uma Booster gelada para fortalecer a nossa mutua amizade e simpatia.

Desde o primeiro dia, abandonei o termo Abbé, pois

ele não gostava do seu uso, e chamei-o de Martin em inglês, o que o deixava feliz. Com a sua simpatia, ele estava a armar uma armadilha para mim; ele tinha um plano específico em mente para me envolver.

Ele não morava em Ollombo, a sua estação era longe e ocasionalmente visitava um amigo missionário, o que havia patrocinado o nosso encontro.

Graças a nossa amizade, a mente movimentada de Martin concretizou o seu plano, submetendo os seus projetos a mim, com a clara intenção de envolver-me.

A estação de Martin ficava em Djambala, uma cidade remota e pouco desenvolvida, onde havia uma maternidade, construída alguns anos antes por alguns missionários.

A cidade tinha cerca de 30.000 habitantes, senão mais, sem incluir as inúmeras aldeias vizinhas com distâncias de até 100 km uma da outra.

A maternidade era administrada por uma congregação religiosa de freiras e era um grande trunfo para o sistema de saúde local, pois não apenas atendia os assuntos obstétricos, mas praticamente cuidava de todos os problemas primários de saúde dos pobres, uma categoria a que quase toda a população pertencia.

Todas essas pessoas nasciam com uma tatuagem impressa em algum lugar do corpo: *pobre*. Mesmo os funcionários públicos e os poucos outros que tinham um emprego não eram superiores em termos socioeconómicos.

Para o meu amigo Martin, a Maternidade era uma das suas letras de câmbio em aberto e ele conseguiu fazê-la funcionar a um nível considerável.

Quando trocávamos as nossas dificuldades, estávamos a falar a mesma linguagem sublinhando resultados, problemas e objetivos para o sistema de saúde, seja público que missionário, no qual todos tínhamos que enfrentar pesados fardos.

Martin não era de se satisfazer com pouco e teve a ideia de trilhar um caminho muito mais ousado: reformar o seu complexo de saúde para oferecer serviços mais amplos e de melhor qualidade; por isso o complexo exigia mais pessoal e mais qualificado. Um dia, com a nossa cerveja na mão, lá estava ele, atrevido, disse-me: "Manuel, venha comigo".

"Você não é Jesus Cristo e nem mesmo é uma mulher bonita; como pode esperar que eu vos siga e o que você espera de mim?" Respondi e caímos numa gargalhada, que praticamente selou moralmente o nosso contrato de cooperação futura.

Nos dias que se seguiram, muitos pensamentos e reflexões imbricaram-se, cruzaram-se, pairaram naqueles espaços remotos do meu cérebro; acordava naquelas noites silenciosas e às vezes levantava-me para olhar o céu tão perto da terra que podia quase tocar a miríade de estrelas que o povoavam; olhava para eles como se quisesse tirar motivação e força deles.

Em alguns momentos, quando estava sozinho, tinha a oportunidade de voltar a olhar para dentro, de ouvir o meu coração, de pensar na minha vida; parecia cada vez mais como um tesouro escondido que estava se revelando. Mais uma vez, era hora de grandes empreendimentos, nada fáceis e nada desejados.

Trabalhar num hospital religioso talvez tivesse melhorado o contexto geral, ter-me-ia permitido trabalhar melhor e tratar as pessoas um pouco acima, pudesse ter melhorado a qualidade do atendimento aos enfermos, visto mais rostos amigos e sorridentes.

Qual médico não sonhou em tratar todos com os remédios certos, usando técnicas de ponta e fazer todas as operações possíveis? Era meramente um sonho maravilhoso?

"Muitas vezes Deus quer você nas coisas que você não quer fazer, no lugar onde você não quer estar ou ir; ligado a essa vontade divina está o segredo do sucesso".

Percebi que não poderia escapar da nova chamada.

Anunciei a minha decisão de renunciar a Ollombo com bastante antecedência, para permitir uma substituição, não sem feroz remorso e punhaladas no

204

meu coração.

Encontrei a disponibilidade dum dos missionários amigos a assumir a direção da Família Takatifu, que seria confiada a uma congregação de freiras leigas; isso foi um grande alívio.

Tive que me preparar para escalar outra montanha na minha vida imprevisível, exatamente como os grandes montanhistas que nunca são pagos; após conquistar um pico, eles preparam-se para a próxima subida.

Sair de Ollombo não foi nem comparável aquando deixei Yaoundé para vir aqui. Agora tinha muitos laços de amizade e gratidão; a minha vida havia recomeçado, uma nova vida maravilhosa. Eles aceitaram-me, desmamaram-me, ensinaram-me, transformaram-me. Eu senti-me um pouco traidor e desertor. Não dormi nas últimas noites.

Fizemos a festa de despedida para a qual ofereci comidas e bebidas a todos os funcionários. Colocamos cabras e porcos no fogo para assar.

Não tive vontade de visitar a Família Takatifu nos últimos dias; isso teria quebrado o meu coração.

Mas o Senhor, aquele Alguém que não me deixava descansar, chamou-me. Como podia recusar?

"Deixe a velha criatura, pois deve se tornar uma nova criatura; deixe a terra que era, pois, eu darei a

você uma nova terra e novos céus, uma nova criação. Abandonou todas as coisas para me seguir: terá um cêntuplo e vida eterna ".

"Querido Jesus, você tem sempre razão, mas temos que chegar a um acordo com a nossa natureza humana limitada; você também experimentou isso, com suas necessidades, suas limitações.", era a oração incessante que eu podia fazer.

No dia da minha partida, chorei com uma intensidade que não conseguia desde a infância.

O Senhor sempre nos dá força; sim, no final, conseguimos.

"Invoquei o Senhor,

angustiado, clamei ao meu Deus:

Da sua têmpora, ele ouviu a minha voz,

A ele, aos seus ouvidos, veio o meu grito".

Estabeleci-me na missão, numa casinha só para mim, muito melhor do que o meu ninho em Ollombo, e fiquei um pouco envergonhado com isso. Eu sentia-me muito rico.

Havia um trabalho enorme a ser feito na maternidade, principalmente na área médica.

Em Ollombo, eu aprendi cirurgia básica, então fui capaz de lidar bem com as cesarianas, apendicites e problemas mais urgentes. A minha vocação continuava a ser médica, e gostava mais dessa parte, embora na África era difícil separar a medicina da cirurgia.

Martin atirou-se de cabeça na aventura, então livrou-me da tarefa de procurar fundos; ele assumiu esse fardo; eu só tinha que me dedicar ao meu trabalho médico.

Ano após ano, peça após peça, concluímos a renovação e ampliação da maternidade, hoje transformada em hospital completo.

As Irmãs estavam a prestar assistência soberbamente qualificada, tanto humana quanto profissionalmente.

Apesar da boa qualificação da equipa do hospital de Ollombo, não havia comparação na qualidade do atendimento; as Irmãs estavam a desenvolver e aplicando conhecimento, experiência, dedicação e amor.

A Maternidade passou a ser um dos serviços ao lado de outros departamentos.

Na maternidade passamos dos serviços básicos originais para serviços mais qualificados, ampliando-os em quantidade e qualidade. Conseguimos cobrir rotineiramente muitas emergências cirúrgicas, gerais e maternas.

Com a ajuda de Quem guiava as nossas ações, pudemos poupar muitas vidas.

Reformamos e ampliamos o lar para gestantes. A maioria das mulheres vinha de longe e não sabia a data do parto, então preparamos uma residência dedicada, para a qual instávamos as mulheres a virem com bastante antecedência para estarem lá quando o nascimento estava para acontecer. A maioria dos partos era normal e era resolvida rapidamente. Quando detetávamos ou suspeitávamos de algumas complicações, as pacientes e a equipa estavam prontos para a cirurgia.

Ninguém se importava com a minha antipatia à cirurgia, portanto, também aumentaram o bloco cirúrgico. Igualmente planeamos um bloco de especialidades que iríamos desenvolver ao longo do tempo. Uma parte logística foi construída para acomodar os familiares dos pacientes vindos de longe.

Por falar em recém-nascidos, naquela sociedade arcaica ainda existia o antigo costume, como na Bíblia e nas sociedades primitivas, de não contar o recém-nascido no número de filhos até lhe ser atribuído um nome.

Montamos uma unidade nutricional para as crianças desnutridas: estruturamos para que as mães ou alguém da família (geralmente irmãs mais velhas) pudessem estar presentes para cuidar e aprender em primeira mão o que deveria ser uma alimentação balanceada, mesmo com a simplicidade dos poucos alimentos disponíveis.

Continuamos a insistir com o Ministério para ter pessoal local, tanto porque seriam pagos pelo governo, mas sobretudo porque queríamos que os enfermeiros tivessem oportunidade de crescer profissionalmente; na verdade, com o tempo, obtivemos excelentes resultados.

Perseveramos na formação de alguns enfermeiros da área, que já possuíam uma boa formação básica e até foram oficialmente autorizados pelo governo, para cirurgias de emergência e muitas outras tarefas.

O hospital tornou-se uma linha de frente em muitos departamentos e, infeliz ou felizmente, sempre corria o risco de ser inadequado, pois atraía pessoas de todos os lugares e de longe; algumas pessoas viajavam 300–400 km para vir até nós.

Graças ao hospital, a economia da cidade aumentou: muitos quiosques foram montados, pequenos hotéis (hoteli ndogo) foram abertos para acomodar parentes e micro-ónibus duplicaram (teksi) para transportar pessoas.

Diariamente, longas filas de pessoas chegavam ao hospital, na esperança de encontrar uma solução para os seus muitos problemas. Não era incomum que nos trouxessem os seus produtos simples, que aceitávamos com prazer, mas não sem remorso, temendo que eles e os seus filhos fossem privados deles ao doá-los para nós.

Nunca esquecemos, ou pelo menos tentamos, o nosso juramento hipocrático, enriquecido com as nossas crenças cristãs:

"Vou escolher o regime para o bem dos enfermos de acordo com a minha força e julgamento, e vou abster-me de causar danos e ofensas". Nunca faltavam a caridade cristã e o espírito acolhedor para empreender qualquer ação. Imitando o grande Dr. Schweitzer, encorajamos todos os funcionários, incluindo nós mesmos, a possivelmente ter um animal de estimação em casa; podia ser qualquer: cachorro, gato, papagaio, pássaro ou outro. De acordo com Schweitzer, um não pode amar as pessoas se não amar os animais.

Nem tudo era sol e rosas, é claro, quando e onde esteve?

Um dos problemas era a quase ausência de contribuições do governo; eles mandavam cada vez menos fundos e, mesmo assim, sempre atrasados.

Os funcionários sempre eram pagos tarde. Felizmente, eles podiam contar com o nosso benefício, que era quase igual ao salário público.

O Governo era informado das nossas ligações e apoios internacionais e não deixava nenhuma maquilhagem para aproveitar para poupar no seu orçamento (ou para tirar do topo).

O hospital era sem fins lucrativos, por isso não incluía departamentos ou serviços pagos como acontecia nos hospitais privados. O nosso, era um lugar para os pobres numa área onde cem por cento das pessoas estavam desamparadas. Ainda o hospital sempre era capaz de arcar com as suas despesas de funcionamento e, graças à filantropia internacional, era capaz de cobrir o custo total das instalações.

Onde antes havia uma única maternidade, embora em bom estado e bem administrada, surgia agora um grande, belo e eficiente hospital, com atendimento de primeira classe.

"Dê aos pobres o melhor que puder, para que cada um deles, pelo menos no seu sofrimento, seja acolhido como um rico num lugar bem cuidado, limpo e eficiente".

28. CONFLITO DE CULTURAS

O gênio e a loucura tem algo em comum: ambos vivem num mundo diferente daquele que existe para os outros. Arthur Schopenhauer

Martin havia chegado alguns anos antes. Ele teve que lidar com a aspereza contra os recém-chegados, com cor de pele diferente, que queriam se estabelecer em lugares estrangeiros.

Encontrou os tolerantes e os preconceituosos, como sempre acontece com quase todos os imigrantes quando se deparam com novos ambientes sociais e culturais.

Éramos semelhantes nisso; éramos estrangeiros e imigrantes. Éramos como milhares de pessoas deixando os nossos países de origem.

Quando ele chegara, encontrou uma pequena comunidade cristã que havia sido criada e sobrevivera a várias vicissitudes; fora reduzida a um rebanho sem pastor. Esses cristãos foram deixados à própria sorte após a morte do último missionário alguns anos antes. A organização, dirigida por catequistas, manteve a muda viva, mas a pequena comunidade tornou-se frágil e fraca.

Houve anos de guerra, que perturbaram toda a vida civil e social, minando as relações sociais em todo o país.

Martin sabia que teria que enfrentar uma realidade nova e desconhecida. Aos poucos amigos ele repetia: "Estou bastante isolado, mas posso alegrar-me porque o Senhor é suficiente e sei que Ele está comigo. Na pobreza, sinto a sua presença ainda maior; ele sabe que eu não desprezo a luta, espero que eu mereça os dons que Ele me deu".

Havia muita terra na savana.

Conhecendo as suas boas intenções, um dos líderes tradicionais deu-lhe um grande terreno para fazer o que quisesse. Nesse terreno, Martin e os seus companheiros desenvolveram a missão, que consistia numas habitações simples, a igreja e alguns quartos muito simples para várias atividades sociais e educativas. Por fim, construíram a maternidade, operada com a contribuição profissional das freiras.

Essa missão era cuidar de cerca de duzentas aldeias. Martin nunca se deixou dominar pelo ativismo; soube conciliar trabalho e oração (ora et labora), ciente das armadilhas e limitações do ativismo desenfreado que caracterizava alguns missionários que acabaram se atrapalhando com o ativismo e perdendo os horizontes da sua missão.

A catequese respeitava totalmente as outras

denominações religiosas e procurava os aspetos positivos das crenças locais, purificadas da superstição e da feitiçaria.

Eu havia aprendido a não procurar Martin de manhã cedo ou tarde, porque esses eram os seus momentos indispensáveis de oração com os seus irmãos e uma pequena comunidade local, à qual eu também estava a participar, se não muito ocupado. Sem oração não haveria força real nas obras, ele sempre repetia. "Ousar fazer grandes coisas para Deus e esperar grandes coisas de Deus" era um lema que tínhamos com muito zelo.

Todos os missionários estavam com as mãos ocupadas contra as práticas tradicionais de magia voltadas para o mal.

Nisso, os missionários não fizeram amizade entre os feiticeiros.

No que lhe afetava, esses feiticeiros não iam abertamente contra os homens brancos (mzungu) porque sabiam que o resultado para eles era quase sempre sair com chifres embotados.

Alguns desses feiticeiros tentaram espalhar falsidades sobre o trabalho da maternidade: conseguiram convencer algumas autoridades do governo de que meninas estavam a ser abusadas naquele posto de saúde e que ali ocorriam mortes suspeitas (em linha com as suas atividades peculiares).

Seguiram dias de tensão entre as autoridades sanitárias e a direção do hospital, que se viu obrigada a apresentar uma defesa contra os fatos fabricados. As autoridades ameaçaram o fechamento da instalação até que as alegações não fossem esclarecidas.

As Irmãs e os Missionários pacientemente tiraram o pó dos seus registos, com os seus arquivos bem documentados, e obtiveram muitos depoimentos e dezenas de testemunhas que desafiaram a ira e as ameaças dos feiticeiros.

Não demorou muito para que um daqueles feiticeiros morresse repentinamente, sem uma causa precisa, o que causou comoção e medo entre os seguidores.

Algum tempo depois, um dos ajudantes do feiticeiro também sofreu um acidente vascular cerebral e ficou paralisado e sem palavras. Ele recebeu, não obstante, cuidados médicos regulares e amigáveis na maternidade.

As interpretações desses eventos eram fáceis de imaginar entre as pessoas.

Não era incomum que feiticeiros viessem para ser visitados por nós.

Com instituições governamentais e todos os missionários das várias denominações, tentamos atacar uma prática tradicional que era criminosa, mas que estava fortemente enraizada, supostamente na maior parte da África.

O governo e os missionários estavam cientes disso e nunca conseguiram dissuadir as pessoas de tais práticas. Aproveitando do meu crédito entre as comunidades, comprometemos e unimos as forças.

Milhares de adolescentes, com o corpo coberto de argila branca, trajado de pano vermelho, com cordões amarrados no pescoço, nos pulsos e nos tornozelos, todos os anos se dirigiam a lugares secretos para realizar o ritual de passagem da adolescência à idade adulta. A prática envolvia circuncisão para homens e infibulação para mulheres, depois dum isolamento para uns dias para receber instruções sobre a vida. Era difícil, senão impossível, saber mais sobre esse ensinamento.

Não sabíamos se eles realizavam ativamente práticas sexuais. Nenhum branco jamais havia conseguido quebrar a barreira secreta e nem estávamos interessados.

Preferimos deixar o assunto para alguns antropólogos bisbilhotar, se é que algum dia o irão fazer.

Estávamos interessados nas implicações para a saúde. Esta cerimónia continuava a causar mortes e vítimas de mutilações e complicações infeciosas.

216

A nossa iniciativa gerou polémica numa parte de opinião pública, entre letrados e analfabetos. O Governo também havia iniciado alguns programas na tentativa de tornar a prática medicamente segura, mas as operações tradicionais continuaram com consequências trágicas devido a doenças infeciosas e outras. Essas práticas sempre foram realizadas por curandeiros imprevidentes que não conheciam as regras mais básicas de higiene, muito menos de cirurgia. Tentamos não configurá-la como uma guerra cultural de brancos contra negros, mas armamos a campanha jogando nas estatísticas das complicações que constantemente aconteciam e propondo alternativas mais seguras com o envolvimento dos próprios feiticeiros com mentes abertas.

Tentamos romper em duas frentes: por um lado, envolvemos os "curandeiros tradicionais" que tinham boa disposição e o desejo de se melhorar, para lhes ensinar as regras de higiene e as boas práticas cirúrgicas básicas; instruímos as boas regras e limitações.

Na outra frente, estávamos a agir diretamente com as famílias porque levassem os miúdos ao hospital para um tratamento mais seguro.

Envolvemos as comunidades locais onde usamos todos os meios para estimular uma discussão aberta e honesta.

Havia muita relutância da parte das pessoas em falar abertamente sobre 'aquelas coisas deles - Syri yetu'; alguns foram hostis e disseram-nos para pensar sobre os nossos problemas ocidentais; alguns levaram a questão para campos raciais, colonialistas e religiosos.

Oportunamente, alguns tinham mais perspicácia e estavam dispostos, não tanto para olhar para questões de princípio, mas para fatos; os dados estavam diante dos seus olhos; alguns deles perderam filhos ou familiares. Ficávamos particularmente impressionados quando as tragédias caíam sobre os nossos rapazes que frequentavam a missão que, embora cristãos, não resistiam às obrigações da tradição.

Treinamos alguns representantes das aldeias e catequistas bem-intencionados com o objetivo de consciencializá-los primeiro; eles, sendo locais, vivendo nas comunidades, teriam mais controle sobre o seu povo. Respeitando os objetivos, montamos um programa de educação sexual de preparação para a circuncisão que era realizado gratuitamente no hospital.

Alguma enfermeira foi encarregue de dar educação regular sobre sexo, cuidados infantis e cuidados com a família, incluindo os cuidados com os idosos.

Não era de surpreender que houvesse algumas deserções e traição entre os educadores. Tragicamente, um catequista envolvido no programa morreu de envenenamento. Houve sangue mau entre nós e os feiticeiros por um tempo, mas certamente menos sangue inocente foi derramado.

"O ímpio vê e fica com raiva, range os dentes e é consumido. Mas o desejo do ímpio falha".

29. MOVENDO-SE PARA AS COISAS CERTAS

"Qualquer inovação tecnológica pode ser perigosa: o fogo foi perigoso desde o início, e a linguagem ainda mais; ambos podem ser considerados perigosos ainda hoje, mas nenhum homem poderia ser considerado assim sem fogo e palavras ". Asimov

O trabalho continuava com grande intensidade, mas nunca desistimos da qualidade em prol dos números.

Estávamos todos empenhados em garantir que o nosso trabalho atingisse o objetivo principal, que era o enfoque nas pessoas como indivíduos: cada pessoa devia receber o melhor atendimento possível.

Os serviços básicos não cobriam todas as áreas clínicas emergentes, duas das quais eram odontologia e oftalmologia.

Estávamos a ver muitas pessoas com dores de dentes num estado de sofrimento indescritível.

Também verifiquei, pelas visitas gerais para qualquer problema, que havia um grande número de pessoas com catarata, problema ao qual não atribuíam grande importância.

Evidenciei a disfunção, contra as expectativas, também em pessoas relativamente jovens. As nossas descobertas no campo não correspondiam à epidemiologia oficial, segundo a qual a catarata pertencia a pessoas mais velhas ou pessoas com certas doenças, como diabetes.

Com certeza havia outros fatores potencializadores, como infeções oculares, que eram muito comuns, ou lesões oculares também comuns; igualmente suspeitava do efeito do meio ambiente e das condições meteorológicas: poeira, luz solar e outros.

O nosso empresário Martin estava sempre com as antenas levantadas e prontas para a ação; era absolutamente surpreendente a sua capacidade em encontrar tanta energia. A sua grande fé, o caráter e a personalidade tornavam-no explosivo e único.

Ele pertencia àquelas pessoas escolhidas e enviadas por Alguém para manter em movimento as águas estagnadas da comunidade humana. Ele era um exemplo de vitalidade extraordinária sustentada pela sua fé em Deus, a confiança nos seres humanos e a sua atitude positiva.

Joguei os dois problemas nele, tentando não sobrecarregá-los com muita gravidade, pois quase me senti culpado por adicionar novos fardos ao que ele já estava a carregar.

A ideia ganhou força e os dois novos serviços logo transformaram-se em objetivos a serem cumpridos.

Na restauração dos edifícios, pré-estabelecemos

áreas a serem ocupadas por novos serviços, o que facilitou o início dos novos planos.

Alguns doadores generosos e ricos doaram um microscópio cirúrgico. Não foi difícil encontrar doadores de cadeiras odontológicas, entre dentistas sensatos que aproveitavam para renovar os seus consultórios por outros mais novos.

Ativamos contactos na Europa para identificar voluntários em ambas as especialidades para receber visitas de especialistas naqueles ramos específicos.

O governo estava virtualmente ausente no seu apoio económico, mas alguns dos seus representantes eram rápidos em explorar a popularidade do nosso estabelecimento para obter vantagens políticas. Elogios verbais eram generosos, embora acrescentassem pouca materialidade aos nossos fardos.

Não obstante, as boas relações-públicas eram uma boa base para a nossa integração benéfica no contexto civil. As visitas dos políticos eram mais frequentes durante o período eleitoral.

Eles usavam-nos como um cartão de apresentação para demonstrar o interesse que tinham por seu povo. A realidade era outra: tínhamos que nos virar sozinhos e deixar aqueles canalhas usarem-nos como cartazes de propaganda.

Os anos passaram como se fossem dias.

A tecnologia digital estava se desenvolvendo rapidamente no mundo, assim como na área médica.

Havia um novo desafio para escalar uma nova montanha?

30. TECNOLOGIA AVANÇADA

Lembre-se: quem não ousa não voa.

A tecnologia estava em constante evolução e a medicina avançava muito, a ponto de ultrapassar os sistemas de diagnóstico que haviam sido estabelecidos e usados por centenas de anos.

Sem prejudicar a habilidade do médico, os novos equipamentos traziam uma abordagem mais científica, objetiva e precisa.

A minha filosofia sempre foi, mesmo com as restrições e limitações das condições, praticar a melhor medicina possível; nunca me acomodei à simplificação de fazer por fazer.

O surgimento das novas tecnologias, das quais os ricos estavam já beneficiando, representou um novo desafio e uma nova provável desvantagem para as populações pobres.

Essas tecnologias eram quase novas para mim, além do pequeno conhecimento decorrente das minhas leituras de alguma revista, dificilmente obtida naquela latitude.

O meu guia humano e espiritual, Martin, não poderia deixar de captar as inovações e o seu potencial como justiça para os pobres.

Era direito dos desfavorecidos ter tudo o que era disponível para os mais ricos. Portanto, elaboramos um plano de ação viável; eu colocaria todo o meu entusiasmo, paixão humana e profissional nisso. Preparei-me para participar num estágio de ultrassom na África do Sul, para aprender os fundamentos da ultrassonografia de alguns dos ramos mais importantes, como o aparelho obstétrico-ginecológico, abdómen geral e aparelho urológico. O ultrassom já estendia o seu potencial muito além, mas esses eram os campos principais do nosso hospital.

Naquele tempo, dois jovens médicos foram designados para o nosso hospital em Djambala para a sua formação de pós-graduação, um congolês e outro enviado por uma ONG europeia. Eles eram dois jovens médicos muito brilhantes e motivados, um homem e uma mulher; eram dois bons profissionais e tinham boas base teórica.

Projetamos para eles um programa intensivo de aprendizado, que certamente não haviam feito na universidade. Fazemos com que crescessem espiritualmente sem qualquer coerção e pretendemos motivá-los a permanecer connosco no final do estágio.

Sentindo-me suficientemente coberto pelos jovens colegas, fui para a África do Sul, onde descobri que a medicina, em geral, tinha duas vertentes: estava a marchar para níveis ocidentais avançados por um lado; foi ali que foram feitos os primeiros transplantes de coração.

Mas eram aos nossos níveis africanos nas áreas rurais e pobres do país; faltava a conceção de igualdade.

Abordei o novo mundo com a vantagem de ter uma boa experiência atrás de mim e com a determinação de alcançar os objetivos para os quais fazia o estudo.

Ao final dos dois meses, obtive um simples atestado de frequência e não um diploma, para o qual precisava de pelo menos seis meses de frequência, mas não tive tempo; não podia considerar-me professor, mas sabia fazer ultrassom e voltei para o hospital com novos conhecimentos e mais energia do que nunca.

Para as gestações ou problemas abdominais, agora temos uma nova ferramenta capaz de esclarecer muitos problemas, fazer diagnósticos melhores e identificar as causas de muitos problemas.

Estávamos prestes a dizer adeus ao nariz ou à intuição do médico, ou algo parecido.

Eu sabia que a cardiologia havia se desenvolvido muito no Ocidente, o que enriquecia a minha antiga e amada cardiologia, mas agora os problemas e os objetivos diferiam.

Era satisfatório, não só profissionalmente, mas humanamente, poder olhar dentro daquelas barrigas e

226

ver o que não estava em ordem. Não tive tempo de fazer estatísticas comparativas, mas tenho certeza de que, desde que introduzimos os ultrassons, fomos capazes de identificar melhor e mais cedo muitas das perplexidades clínicas e selecionar o que precisava ir ao cirurgião e o que não; evitamos operações desnecessárias para condições supostamente urgentes que acabavam não sendo como tais e vice-versa.

No campo obstétrico, a melhora foi a mais dramática, já que podíamos ver diretamente as gestações complicadas por posições fetais estranhas ou outra diabrura. Podíamos enquadrar as gravidezes com muito mais precisão. A gravidez ectópica era comum e a ultrassonografia tinha um valor incomparável no diagnóstico dessa condição frequentemente insidiosa que podia levar à morte da mulher.

Agora estávamos a jogar, por assim dizer, não com adversários desconhecidos, mas com adversários cujos rostos pudemos revelar.

Outra área que se beneficiou muito com o serviço foi a urologia masculina. Havia muitos casos de patologias desse aparelho: frequentemente vinham rapazes com problemas testiculares; homens de meia-idade, não muito velhos, vinham com problemas de próstata. Muitos chegavam com obstrução da bexiga, após dias sem conseguir passar uma única gota de urina.

Entre os jovens e casais jovens, a infertilidade era um problema frequente; a responsabilidade geralmente recaía sobre a mulher e, por esse motivo, ela podia ser rejeitada.

Combinando as investigações visuais com as investigações laboratoriais, fomos capazes de diagnosticar muitos problemas testiculares que aumentaram mais a equidade nas estatísticas, distribuindo o fardo da infertilidade em cerca de 50/50.

O caso dum menino foi dramático: com as imagens de ultrassom, pudemos demonstrar os achados óbvios do exame normal: a ausência total de testículos. A esperança era de encontrar os testículos ainda não descidos, mas não foi assim.

A sua história médica já era cumprida com tratamentos tradicionais (intoxicações), incisões e queimaduras no corpo. A questão tinha até assumido alguma prática moral e legalmente duvidosa: a família obrigou o menino a fazer sexo com velhas e jovens, sem sentido.

O problema assumiu aspetos sociais e tivemos que começar a aconselhar ele e a família; para a família, o menino havia se tornado "inútil" porque não conseguia procriar.

Era normal que por trás dessas histórias houvesse sempre histórias paralelas de bruxaria e curandeiros milagrosos, incluindo alguns representantes de algumas novas seitas cristãs que começaram a se alastrar. A tarefa não era nada fácil para nós.

Algumas dessas seitas neo-cristãs, geralmente da América, assumiam a liderança nos movimentos anticoncecionais (em boa companhia com os seus inimigos católicos), promovendo movimentos de castidade (e de desastres anunciados).

Um piedoso véu sobre os resultados factuais que eles alcançaram (eles continuavam a publicar muitos falsos), também cobria a enorme estupidez deles.

O hospital estava a cumprir as suas aspirações e continuamos a trabalhar, felizes no nosso serviço. Não paravam os avanços tecnológicos nas comunicações e na medicina. Chegou ao coração da savana africana a notícia de que houve um casamento entre as telecomunicações e a medicina: esse casamento gerou a Telemedicina.

As nossas mentes estavam abertas a todos os desafios e sempre prontas para enfrentar estímulos novos.

Pensamos que com a telemedicina poderíamos dar uma grande ajuda às unidades de saúde periféricas.

Eu teria delegado com prazer um dos meus jovens colegas para fazer o estágio de telemedicina desta vez. Discutimos o assunto junto numa reunião e o resultado foi que ainda dependia de mim. Escolher um jovem médico teria sido uma boa ideia, mas não havia garantia de continuidade; ele poderia partir a qualquer momento para outros destinos, interrompendo o serviço.

A velha galinha da caixa era eu, pronta para ser cozida para uma boa sopa. Fui para a África do Sul novamente por dois meses, e aproveitei a oportunidade para fazer um treino de atualização em ultrassom.

Tive a oportunidade de descansar um pouco no meu trabalho ininterrupto, e isso foi bom para a minha mente; ajudou a refrescar o meu intelecto e descansar os meus membros.

Em teoria, havia muitos campos de aplicação da telemedicina, mas para sermos realistas, tínhamos que olhar para a realidade e a tecnologia existente. Esse serviço, honestamente, ainda não era viável. A viagem para a África do Sul foi como um feriado para mim e um curso de atualização em Ultrassom.

31.SEPARAÇÃO E RECONCILIAÇÃO

"A comunicação perfeita existe. E é um argumento".

De volta às minhas origens, a nossa família sempre foi um ninho harmonioso, solidamente baseado em princípios e tradições. A minha irmã e eu encontramos o padrão duma vida familiar bem estabelecida com parâmetros coerentes.

O nosso crescimento foi, portanto, fácil e difícil em simultâneo; fácil porque não foi minado por dúvidas; difícil porque tínhamos que respeitar as regras sem objeções.

A segurança económica e a tranquilidade eram garantidas pelo emprego do meu pai e acompanhadas pela quietude da vida na aldeia. Os meus pais certamente tinham um amor enraizado um pelo outro; nunca os vi a brigar e apenas raramente os vi discutir, principalmente por trivialidades.

Os princípios religiosos eram firmemente estabelecidos, portanto, respeito, perdão e amor pelos outros constituíam os pilares de toda a estrutura. Eu havia alcançado os meus objetivos com facilidade, portanto, havia recompensado a minha família e satisfeito a minha consciência.

As minhas conquistas tiveram grande repercussão

social, pois era inevitável numa pequena comunidade.

Todos se alegraram e se orgulharam do meu diploma e da minha posição de médico porque eu pertencia àquele consórcio.

Os meus pais tentaram minimizar o fracasso do meu casamento, não para escondê-lo, porque, no final do dia, foi uma bagatela em face da vida aberta que tinha pela frente.

Mas ser acusado daquela culpa médica revolucionou tudo. Foi como acertar um alvo no meio duma pintura em vidro. Tudo o que eu havia representado, especialmente em termos ideais, havia-se tornado fumaça. A situação, já insuportável para mim, porque perdi tudo, até a minha própria identidade, refletia-se igualmente na minha família e no meio social. Tudo desabou; como uma bolha de sabão, todo o feitiço dissolveu-se.

Os pais normalmente não rejeitam os seus filhos, não importa o quão maus eles sejam; os meus alinharam com tal atitude, mas a relação tornou-se compassiva, já não de verdadeira estima, pelo menos assim percebi na altura.

Tive uma rebelião contra tudo isso; tendo perdido os atributos pelos quais eu era 'alguém', fui destruído, estava praticamente morto.

Tive que procurar uma nova maneira de nascer de

novo à força. Não queria ser objeto de pena; eu queria ser o mesmo e tinha certeza de que não havia cometido nenhum crime. Fui brutalmente vítima dos acontecimentos e da irracionalidade do sistema.

Naquela época, no Reino Unido, o hábito de reclamações contra médicos estava em alta, com a intriga interessada de advogados dispostos a meter o nariz onde não tinham razão para fazê-lo. A medicina, mesmo com todas as tecnologias modernas, nunca deixou de ser uma arte e, em segundo lugar, uma ciência contingente.

O destino desde então desempenhou e ainda desempenha um papel extremo tanto no bem quanto no mal; é experiência de todos os médicos ter visto curas impossíveis e mortes igualmente improváveis e impossíveis.

Histórias de acusações encheram o passado e amontoavam a história presente da humanidade. Calúnias sempre foram uma arma implacável e cruel. Desde os tempos antigos, a história bíblica de José conta como ele foi falsamente acusado de ter um caso com a esposa do Faraó e foi preso por isso.

Nos nossos anos tornou-se moda acusar não apenas médicos, mas também pessoas de certa reputação de abuso sexual; essas acusações muitas vezes se revelavam falsas e motivadas apenas por interesses duvidosos.

Infelizmente, a população de bois, assim como tinha fome de jogos de circo e torcia para os animais, agora estava faminto por essas histórias, com os novos animais (jornais, média e instituições) massacrando e espancando médicos e outras vítimas.

Li e reli o Salmo 109 que refletia o meu estado: um homem falsamente acusado e abusado por inimigos que queriam destruí-lo sem ele ter feito nada de errado.

"Deus do meu louvor, não te cale, pois, contra mim abriu-se a boca do mal e enganoso, e eles falam comigo em línguas mentirosas. Palavras de ódio cercam-me; eles atacam-me sem causa. Em troca do meu amor, eles fazem acusações contra mim, mas eu estou a orar. Eles fazem-me mal por bem e odeiam em troca do meu amor"

Tive que passar por essa experiência; fui injustamente acusado por caluniadores que queriam arruinar-me como pessoa e como médico sob pretexto infundado, aproveitando dum sistema ocioso e incapaz de defender as razões óbvias.

Conforme o Novo Testamento, eu deveria ter orado para os meus acusadores e perdoá-los. Infelizmente, eu não vi nenhuma mudança nas atitudes desses inimigos. Tive de repetir para mim mesmo, à força e contra um sentimento de rebelião espontânea, as palavras do

Sermão da Montanha:

"Bem-aventurados os que são perseguidos pela justiça, porque deles é o reino dos céus. Bem-aventurados sois quando vos insultarem e perseguirem e proferirem falsamente contra vós todo o mal por minha causa".

Os meus inimigos queriam-me morto; eles usaram as armas da justiça para cometer uma injustiça. Eles haviam emitido uma sentença de morte contra a minha profissão e alcançaram o seu alvo.

A minha destruição foi completada quando o problema foi trazido para a vida familiar e gerou o conflito que não encontrou saída em qualquer reconciliação. Entre mim e a minha família, havia uma ofensa tácita, que havia criado uma fenda irremediável. Ficamos em lados opostos dum penhasco. Estávamos irremediavelmente divididos e cada um deveria ter tomado a única direção possível. A minha orientação, excluindo por um fio de cabelo o suicídio, era levar-me para longe, onde deveria recuperar a credibilidade, tornando-me outra pessoa. Essa teria sido a minha "vingança". Tive que enterrar o velho Manuel e dar à luz a outro. Assim restaurei a minha reputação e por meios naturais regenerei a confiança dos outros em mim.

Não havia necessidade de palavras ou discursos, eu não queria compaixão, perdão ou qualquer coisa assim.

Não tive nada a ver com isso. Que cada um desse rédea solta a todas as suas fantasias, perversões, frustrações; eu não me importava com nada.

Agora, depois de anos de compromisso e trabalho árduo na África, como um imigrante ao reverso, renasci duma nova mãe, a minha Mama África. Eu havia encontrado a minha nova vida; o novo Manuel nasceu, cresceu e agora estava vivo e bom. Eu não precisava mais de qualquer comiseração de indivíduos ou instituições.

Deus quis assim, Ele havia traçado aquele difícil caminho de renascimento cheio de angústia e espinheiros para mim, sem eu saber as razões para isso. Com certeza agora estava feliz, ainda mais feliz do que nunca.

Eu agora estava pronto para restaurar as relações familiares, não para o melodrama, mas para uma vida renovada em nome do bem. A ferida profunda estava completamente curada. A serenidade e o amor familiar voltariam a brilhar sem nuvens; o abismo havia sido transposto; agora havia uma interface conectando os dois lados. O milagre tornou-se realidade. O que aconteceu foi lavado por suor e lágrimas. A vida havia dado e levado e daí foi revitalizada.

Após cerca duma década, durante a qual não tive interesse no assunto, fui informado de que o tribunal, anos antes, havia pronunciado o veredicto de inocente com absolvição total; o caso foi considerado insubstancial, não existia, não deveria nem ter sido iniciado. O juiz utilizou essa absolvição para indicar que o crime, do que havia sido acusado tão rapidamente, não havia sido provado e baseava-se mais em fantasia do que em fatos. Reconheceram que o crime do qual me acusaram, foi um acontecimento natural; a suposta vítima faleceu de causas naturais e *que descansasse em paz*.

Não senti muita emoção e não me ocorreu a ideia de voltar ao Reino Unido. Convidei a minha família para me visitar na minha casa na África: eu era africano; eu estava na África e estava orgulhoso e encantado com o meu estatuto. A minha Mama África adotou-me e estava pronta para acolher a minha antiga família.

32. EPÍLOGO

Esta é uma história fictícia, construída em eventos e lugares fictícios, embora tenha sido inspirada por alguns eventos da vida real.

Qualquer semelhança ou correspondência de textos[2], lugares ou pessoas é coincidência. Os eventos são certamente possíveis e plausíveis porque são compartilhados por tantas pessoas, missionários, religiosos, voluntários, filantropos e médicos num continente, como a África, que é sempre o mesmo e continua a replicar condições e histórias dos seus povos, seus admiradores e seus inimigos.

Ao longo da vida do Dr. Manuel e de outros personagens, destaquei as histórias ocultas ou desconhecidas de muitos filantropos, voluntários e missionários que trabalharam e continuam a trabalhar na África.

Os problemas da África existem há muito tempo e ainda são recorrentes; percebemos que fomos imprudentes ao pensar que poderíamos resolvê-los. Mas se não podemos resolver os macroproblemas, certamente podemos tornar a vida de algumas pessoas muito melhor e, com a delas, também tornaremos as

---

2 As citações bíblicas não têm autor porque a fonte é intuitiva e óbvia.

238

nossas vidas melhores.

O caso do Dr. Manuel é um exemplo.

Na África, nunca se trabalha de graça; o esforço é sempre recompensado nesta terra e ...

«... felizes todos os pobres de espírito, os que choram, os que têm fome e sede de justiça, os misericordiosos, os puros de coração, os que trabalham pela paz, os perseguidos pela justiça, por todos eles». Possua o reino dos céus"

Vivi e trabalhei pessoalmente em países africanos e experimentei alguns dos eventos que transpus para a vida do Dr. Manuel neste livro, onde ajuntei também um pequeno pedaço da minha história e um grande pedaço dos meus sonhos que ainda estão em construção.

Manter as portas da África abertas é nosso interesse: talvez um dia possa ser a nossa vez de ser, como o Dr. Manuel, um imigrante ao reverso.

Pietro Giacomo Menolfi é médico. Ele trabalhou em diferentes países com diferentes encargos. Ao longo da sua vida, participou ativamente da vida social das comunidades onde viveu. Ele passou vários anos como médico em países africanos e diferentes países europeus.

E' um doutor que tem um profundo conhecimento do continente africano.

Formou-se em medicina e obteve um diploma em medicina tropical em Liverpool. Recebeu uma especialização em Organização de Serviços de Saúde, adquirida diretamente na área.

Foi acreditado do prémio Schweitzer, como medico missionário nos traços do grande médico.

Ele publicou:

YEVU (o médico de pele branca e alma africana). A nova edição leva o título: ÁFRICA: O SONHO CAÍDO.

INGHIL ... TERRAAA !!! (e-book e brochura): O Reino Unido é avaliado fora dos esquemas comuns, com base na sua experiência como clínico geral, com indicações e conselhos práticos especialmente para médicos e profissionais de saúde. É um livro curioso e útil também para todos aqueles que querem saber mais sobre aquele país "desconhecido".

MAMA AFRICA é uma segunda edição do Otargimmi original. As vicissitudes dum médico forçado a ser imigrante na África ... onde encontrará a redenção dum relacionamento mau e redescobrirá a vida e si mesmo.

HUMANIDADE NEGADA é a tradução do diário duma escrava.

ÁFRICA: ALBA E TRAMONTO: O livro reúne as experiências de dois médicos missionários: o grande Albert Schweitzer, ganhador do Prémio Nobel, e o menos famoso Pietro Giacomo.

AFRICA MATRIGNA: combina os dois livros O sonho caído e Mama África.

DALLE TENEBRE ALLA LUCE: A verdadeira história dum menino escravo que chegou ao topo da sociedade americana no século XIX.

ÁFRICA SCONOSCIUTA: Os diários de Henry Stanley e David Livingstone.

AFRICA PAGANA E SELVAGGIA: Os diários de Robert Moffat, David Livingstone e Albert Schweitzer.

yevuke@gmail.com